JN084661

森の赤鬼

C・W・ニコルの軌跡

北沢彰利

信濃毎日新聞社

本扉写真　２０１９年、アファンの森で
撮影　山田芳郎

はじめに

２０２０年、Ｃ・Ｗ・ニコルが亡くなったその年、当時私が勤めていた長野県信濃町の黒姫童話館では、「Ｃ・Ｗ・ニコル・アファンの森財団」と共催の形で追悼展を開催した。ニコルは、童話作家でもある。それに同じ黒姫高原を拠点とするという縁もあった。

展示の整った会場に足を踏み入れた私は、そこに現れたC・W・ニコルという人のスケールの大きな人生に圧倒された。森を守る環境活動家、タレントや作家としての活躍、誰もが持つそんなイメージを私も漠然と持っていたに過ぎなかった。しかし、会場に展開されていたのは、17歳の北極探検から始まり、エチオピアでの密猟者や盗賊との対決など、映画の大スクリーンからあふれ出るような、才能と行動力に満ちた一人の人間の歩みだった。若者が萎縮していく今の時代に、こんな生き方をした人がいるのだ。もっと知りたい、伝えたい。

それからの2年間、C・W・ニコルの一生を追い続けてきた。短くはない時間だったが、長かったという気はしない。人や事実に迫るノンフィクション作家の仕事としては、必要な時間だったと思う。しかしいつも「これでは足りない」という思いに追われていた。

ニコルという人を見るには、地球的な物差しが必要であり、冒険家にして小説家という人間としての深度にも目を凝らさなくてはならない。私がいくら作家としての想像の翼を広げても、ニコルという人はその枠を超えて飛び去っていく。「なんていう人なんだ」と、幾度思ったことだろう。もちろん、感嘆と憧憬のため息だ。

本著は、信濃毎日新聞文化面に2021年5月から2023年3月にかけて、週1回ずつ全94回にわたって連載した「森の赤鬼　C・W・ニコル」を加筆修正し、まとめたものである。

ニコルが残した著書は、150冊を超える。その全部を読み込むことはできなかったが、大事な部分は、落とさないように心がけた。ニコルは作家であるから、ひとつの事実についても、著書によって描写に違いが出る。ニコルにとってはどれも、真実なのだ。私は、ニコルの思いを汲みながらも、できる限り事実に則することを心がけた。

目次

第九章　黒姫の地に導かれ……191

第十章　森を育てる……221

本文地図　信濃毎日新聞社編集局整理部

文中敬称略

本文資料写真提供　一般財団法人C・W・ニコル・アファンの森財団

第一章　幼年〜少年時代

実父の出征

C・W・ニコルの最初の記憶は、泣いている母エリザベス・メアリー・ライスを優しく抱く男の姿だった。軍の制服を着たその男は、母から離れるとニコルを抱き上げて頬ずりをした。だから、その光景は硬いひげの痛さとともによみがえる。まだ、1歳にもならない頃のおぼろげな記憶である。実父の出征の日だった。

「ニコル」姓になったのは母の再婚時からだが、ここでは最初から、よく知られている姓で書き進めることにする。

ニコルが生まれた1940年は、第2次世界大戦中であり、出生地イギリス・ウェールズの町ニースは、ドイツ軍の空襲にさらされていた。軍需産業へ燃料を補給する炭鉱の町だったのだ。

空爆を逃れ、母はニコルを連れてイギリスの東、イプスウィッチの町に移り住んだ。ところが、そこにはイギリス空軍精鋭の戦闘機スピットファイアの基地があり、やはりドイツ空軍の攻撃目標となってしまった。

ウォーン。夜中になると、警報のサイレンが鳴り響く。狭い防空壕(ごう)に逃げ込むと、程なくドイツの爆撃機が重い音を響かせて迫り、投下された爆弾が地響きを立てるのだった。

ろうそくで照らされた防空壕の中には、10人ほどが身を寄せ合っていた。小さなストーブでお湯を沸かしてココアをすすり、声をそろえて歌っては不安を紛らせて、爆撃の音が遠ざかるのを待った。

母は、このイプスウィッチの小さな家と、母の両親が住む実家があるニースを行き来しながら、母子2人の生活を守っていた。

そんなある日、ニコルは、母と一緒に乗り換えを待つロンドン・ビクトリア駅の構内で、座り込んだ6人の男から声を掛けられた。そばには銃を手にした兵士1人が立っていたが、その男たちは、みな見慣れない灰色の軍服を着ていた。

母は美しく、男たちから声を掛けられることはよくあった。母は男たちを避けていたが、ニコルは誘われるままに1人の膝に乗った。その男は紙に包んだあめをニコルに手渡した。

母は困った顔をしていたが、駅の乗客たちはニコルと男たちに笑顔を向けた。男たちは捕虜になったドイツ軍の兵士だったのだ。

ニコルは、ドイツ人に多い金髪のかわいらしい子だった。

ウェールズの町で生まれたニコル、１歳半の頃

2歳の時にウェールズの新聞に写真が載ったことがある。芝生の上を笑顔で走っている写真だった。

「芝生が傷むので走ってはいけません」という題が付いた呼び掛けだったが、ほほ笑ましいニコルの姿が禁止の言葉を和らげていた。

敵の捕虜を前にしてもあどけない表情の幼子は、ドイツの兵士たちに故郷の家族を思い出させたのだろう。

兵士たちと別れて列車に乗った時、ニコルの耳に「ドイツ人が悪いんじゃない。悪いのはナチスだ」と話す乗客の言葉が聞こえてきた。ニコルは、その「ナチス」を「ナースティ（いやらしいやつら）」と聞き間違えた。

そうか、悪いのはいやらしいやつらなんだと、しばらくは思い続けていた。

木に祈り続けて

戦争が終わっても、出征した父は戻らなかった。シンガポールで日本軍と戦い、捕虜となって処刑されたのだ。ニコルがまだ5歳の時だった。

涙を流す母メアリーに、ニコルは山や野原で摘んだ花を届けた。花を手にした母は、その時だけ、忘れていたほほ笑みを思い出してくれるのだ。ニコルは母のために、もっと役に立つ男の子になりたかった。

しかし、ニコルは、成人してからの屈強な大男からは想像できない、病弱な子どもだった。リウマチ熱という重い病気にかかり、足も心臓も弱く、激しい運動はできなかった。心配した母は、小学校の長い休みに、ニコルをウェールズの祖父母に預けた。田舎の自然の中で、健康になってほしかったのだ。

ところが、大好きな母から離れたニコルは、泣いてばかりいた。涙の止まらぬニコルに「森へお行き」と祖母は指さした。「フェアリーランド（妖精の国）へ行って、大きな木を抱き、『力になってください。兄弟になってください』と3回言いなさい」

祖母ベアトリス・マリー・ハイウッドは小柄で無口だった。プロテスタントの教会へは通わず、自然を崇拝する欧州の先住民族ケルトの文化に身を置いていた。その言葉は重く、元兵士の祖父でさえ頭が上がらなかった。

生まれて間もないニコルを抱く祖母マリー

ニコルは、祖母に言われるままに、家から1キロほど離れたフェアリーランドと呼ばれる森へ通った。

果樹園の端にある壊れかけた石の塀を乗り越えると、ウェールズには珍しく自然林が残っていた。1本の大きなオークの木に抱きついたニコルは、祖母に言われた言葉を口にした。「力になってください。兄弟になってください」

1カ月間通い続けると、最初は長く苦しかった道のりを、走って往復できるようになっていた。

「木に登りなさい。木のてっぺんで木の息を吸いなさい」

祖母に言われた通りに、木に登り続けたニコルの体は、2カ月たつとガラッと変わった。走っても息は乱れず、スルスルと大木をよじ登り、頭を空に突き出して大きく息を吸えば、腕にも足にも力がみなぎるのだった。

母のいるイプスウィッチに戻ったニコルは、日に焼けて健康な少年の顔になっていた。そうして、母は自分が守るんだと思い込んでいた。

若くして夫を亡くした美しい母の元へは、何人かの男がすり寄って来た。ニコルはどの男も気に入らなかった。

ポマードでテカテカに髪を固めた男が家に来た時は、彼の紅茶カップにミミズを沈ませた。男はすすり上げた途端に悲鳴を上げて椅子から跳び上がった。

力自慢の男が母とニコルをボートに乗せて湖で櫓(ろ)をこいだ時には、船底の栓をこっそりと抜いて湖に捨て、大騒ぎとなった。ボートが浸水して沈み始めると、ニコルも慌てた。自分も泳げなかったのだ。

新しい父

ニコルが10歳となったある日、一人の背の高い男が家に招かれた。

ジェームス・ネルソン・ニコル。15歳で海軍軍人となった彼は、27年間、軍艦に乗っていた。リバプールの生まれだが、彼の父を含め親族はみな、スコットランド西部のスカイ島の出身である。彼らの祖先は、海賊としても名高いバイキングだった。だから島の男たちは、ほとんどが海軍に志願している。ジェームスもその一人なのだ。

右から10歳のニコル、母メアリー、新しい父ジェームス。軍艦で世界を航海していた父の話は、外国への興味をかき立てた

ミドルネームのネルソンは、彼の祖先がナポレオンの侵攻を防いだネルソン提督の部下だったことに由来している。生粋の海軍一家の出だった。

ジェームスは勇敢な軍人で、いくつもの勲章をもらっているが、それを自慢することはなかった。威張ることもない。船上の生活が長いジェームスは、料理もできれば編み物もこなした。ニコルのズボンのほころびを見つけて、手早く繕ってくれたことさえある。

酒が入れば陽気に歌い、母メアリーの手を引いて踊った。長く沈んでいた母の、弾むような笑い声は、ニコルの胸を幸せでいっぱいにした。ジェームスを好きになったのは、母よりも先にニコルの方だった。

母は安心してジェームスと再婚することができた。

「ニコル」はジェームスの姓である。弁護士に呼ばれ、「姓はどうしますか」と聞かれたニコルは、迷うことなく「C・W・ニコルになりたい」と答えた。その話を聞いた新しい父は、声を上げて泣いたという。

現役の軍人だったジェームスは、巡洋艦バーミンガムで、世界を巡る長い航海を繰り返していた。その間、母とニコルはまた2人だけの生活となるのだが、前と違うのは、戦争は終わっていて空襲におびえなくてもよいことと、新しい父は生きており、その帰りを待つ楽しみがあることだった。

艦が戻る日のポーツマス港は、お祭りのようなにぎやかさとなる。海兵隊のブラスバンドが勇ましい曲を響かせ、兵士を出迎える家族が、着飾って笑顔で並ぶ。そんな中でも、ニコルと母が際だって晴れやかなのは、母の美しさにもよるが、艦から下り立つジェームスが、機関部を預かる海曹長として、部下から尊敬の視線を集めていたからだった。

ジェームスは、母とニコルを艦内に案内してくれた。母はこの日の晴れ着が機械油に汚れないか心配していたが、どこもピカピカに磨き込まれていた。

ジェームスは自分のロッカーを開けると、世界の港町で買い集めた土産を取り出した。母には香水やネックレス、ストッキングもあった。ニコルには甲羅がオレンジ色に光る生きたカメだった。

家に戻ってジェームスが語る航海の話は、海の向こうのまだ見ぬ国へとニコルの想像を広げ、わくわくさせるものばかりだった。一方、ニコルは、船に乗り続けて森の生活を知らないジェームスのために、野草の名や、ウナギの釣り方を教えるのだった。もっとも、母はぶつ切りとなったそのウナギ料理に、眉をひそめていたが。

他の動物への礼儀教えた祖父

母の再婚によって心の通い合う新たな父に出会うまで、父親代わりにニコルを育ててくれたのは、祖父ジョージ・ライスだった。

祖父は1886年生まれの根っからのウェールズ人。6人の娘がいたが、そのうちの1人がニコルの母メアリーである。そして初めての孫がニコルなのだ。

イギリスの町場で育つニコルが、ウェールズの母の実家へ行くと、祖父はニコルを川や森へ連れ出し、自然の中での遊びやルールを教えてくれた。ウェールズ人としての誇り高き生き方も、祖父の背中が示してくれたものだ。

祖父の教えはさまざまあるが、他の生き物との付き合い方も、その一つだった。

ニコルが3歳の頃のことである。家では羊を放牧していて、その羊を追う犬、シープドッグが数匹いた。そのボス犬は特別な存在であり、家族の一員として台所の隅で食事をする。祖母マリーが、スープのだしを取った鶏がらを軟らかく煮込み、肉も足して、ボス犬の前のボウルに入れてあげるのだ。グツグツとよく煮たそれがボウルに注がれると、湯気とともにおいしそうな匂いが台所に広がる。

ニコルには、人と犬の食べ物の区別がまだできていなかった。匂いに引かれてボス犬のボウルから餌の肉をつかみ取ると、口に入れてしまったのだ。

自分の食事を取られたボス犬は「ウウーッ」とうなり声を上げて威嚇した。それでも肉を手放さないニコルに、ボス犬はついにかみついた。

祖母がボス犬を引き離しても、ニコルは大声で泣き続けた。ボス犬は困った顔でうずくまっている。

ニコルの泣きわめく声を聞きつけて台所に入ってきた祖父が取った行動は、意外だった。ニコルのパンツを脱がし、スリッパで小さなお尻をたたいたのだ。

「この犬は一日働いたのだ。犬の食事を盗むもんじゃない。おまえにはちゃんと自分の食事だってある。犬を怒らせたらまたかみつかれるぞ。覚えておけ」

不思議なことにボス犬はそれから後、ずっとニコルを守ってくれるようになった。小さな人間が自分のために叱られたのを、かわいそうに思ったのかもしれない。

祖父の判断は、人と動物を区別せず公平だった。ニコルに他の生き物に礼儀をもって接することを教えたのだ。

祖父は、12歳で学校を出てからはウェールズの炭鉱で働き続けたが、趣味と教養の人だった。魚釣りや射撃に熱中し、ボクシングの腕も一流だった。誰もが驚くのは、祖父がオペラを愛し、独学のイタリア語で歌い上げていたことだ。祖父の愛を存分に受けたニコルが、その影響を受けないはずはなかった。

ニコルを愛し、自然の中での遊びやルールを教えてくれた祖父ジョージ。若い頃は炭鉱夫として働いた

憎み続けた叔父

祖父の素晴らしいオペラとまではいかなかったが、ニコルも教会の聖歌隊の一員としてボーイソプラノを響かせた。母が個人レッスンにまで送り出し、練習を重ねたので、独唱を任せられることもあった。母の自慢の息子は、お茶会では婦人たちのアイドルとなった。

ブリテン作曲「聖ニコラス」のカンタータ（声楽曲）は「神に栄えあれ」と歌い上げて終わる。ニコルの澄んだ歌声が部屋の空気をいつまでも震わせ、やがてローソクの火のように細まり、消えていく。婦人たちはティーカップを口に運ぶのもしばし忘れ、うっとりとニコルを見やるのだった。

こうして祖父をはじめ、家族の愛情を受けて育ったニコルだったが、ただ一人、叔父のグウィンだけは苦手だった。いや、憎んでさえいた。

母の妹オリーブの夫であるグウィンもまた、戦車の操縦兵としてドイツ軍を相手に戦った軍人だった。連隊ではボクシングのライトヘビー級のチャンピオンにもなった勇者である。やはり歌が好きで、テノールの高い音を得意げに響かせていた。

叔父は、祖父の家のすぐ近くにある実家で新婚生活を送っていたが、姉夫婦と争い、やがて祖父の家に身を寄せることになった。生まれたばかりの男の子と一緒だった。

叔父は土地、財産について、ひどく貪欲だった。その叔父が、ことあるごとにニコルをからかい、ちょっかいを出す。ボクシングを教えると言っては、まだ5、6歳だったニコルに無理やり相手をさせる。怖がり涙を浮かべるニコルの頬に、容赦なく平手打ちをしてくる。そうして、声を上げて泣きだすニコルを「イングランドの泣き虫」とからかう。イングランドの学校に通っているニコルは、どんなに気を付けてもウェールズ語が弱々しく上品になるのだ。

祖父母がいないと、叔父のニコルに対する扱いは、ますますひどくなる。ニコルにとって生涯忘れられない屈辱となったのは、この叔父によって豚小屋へ放り込まれたことである。夕飯の時に、ニコルが大げさにモグモグと口を動かし、おかしな顔をしたことに叔父が腹を立てたのだ。

ニコルは、食卓を囲む大人たちがポリポリと音を立ててキュウリを食べる様子があまりにおかしく、まねようとしただけだった。そんなニコルの様子を見て、年下のいとこが笑いだした。叔父の息子である。食卓がにぎやかになり、注意されてもニコルはやめなかった。幼いニコルはみんなが楽しんでいると思ったのだ。

「言うことが分からないのか！」。手にしたフォークを振り回して怒った叔父は、ニコルの手をつかむと、豚小屋まで引きずった。

「おまえは豚と一緒だ。ずっとそこにいろ！」。そう言って、豚がいる柵の中へ放り込んだのだ。その日は日曜だったから、教会から帰ったニコルは、半ズボンに白いシャツ、ネクタイにジャケットという晴れ着のままだった。それが、豚のふんで、全てグシャグシャになってしまった。

ニコルは叔父を憎み続けた。そのことが、成人したニコルと叔父を決定的な対決の場面へと導くのだった。

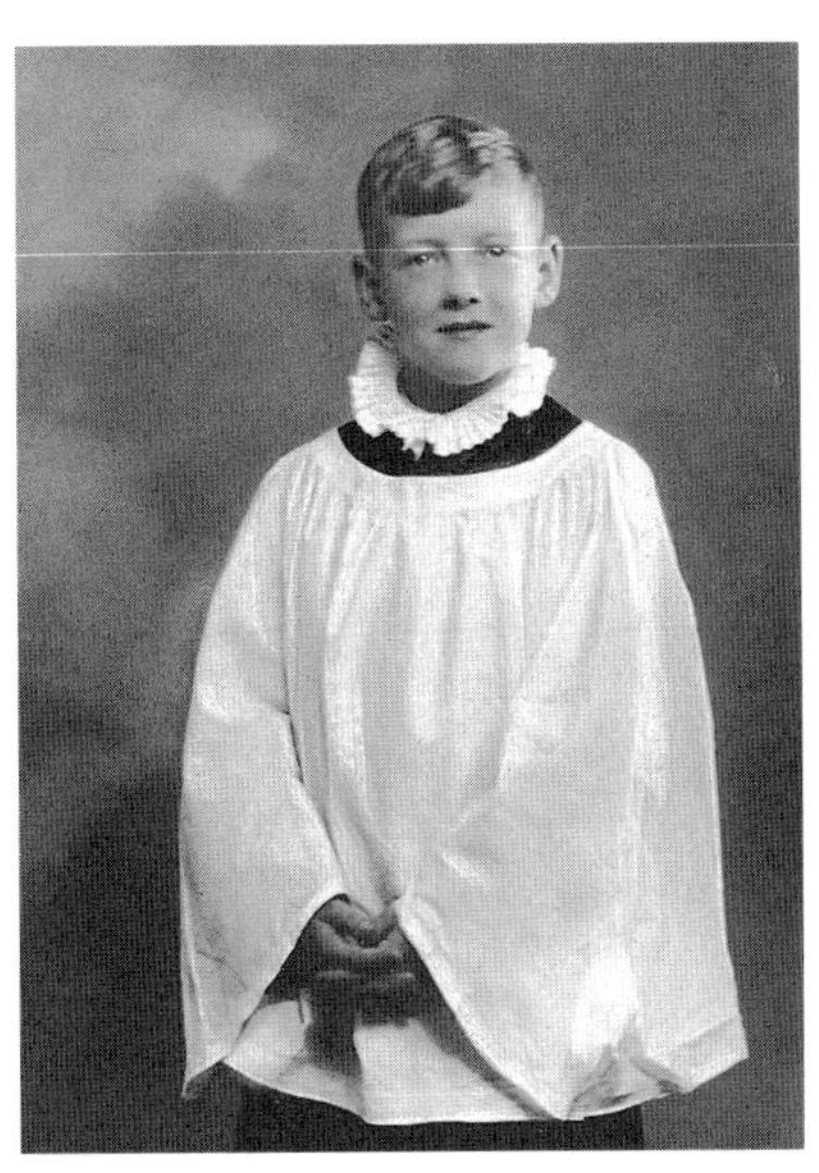

教会の聖歌隊に入っていた10歳の頃。澄んだボーイソプラノで、独唱を任されたこともあった

激しいいじめ

ニコルが少年時代から貫いたものに、反逆の精神がある。小学校へ入学した頃、文字の読み書きよりも、昆虫や植物をずっと見ているのが好きな子だった。周りの少年たちとの関わりも得意ではなかった。年上や力のある者にも、自分の考えを隠さなかった。

ニコルは教会の牧師にさえ歯向かった。大好きな犬が死にそうになり、教会で祈りをささげていた時のことだ。

「僕の犬が死にそうなんです。犬も天国へ行けますか」と聞くニコルに、牧師は「魂のない犬なんか、天国に行かない。主が救うのは人間だけだ」と言い放ったのだ。ニコルは「犬が嫌いな神は、僕は大嫌いだ」と言い返して教会を飛び出した。

牧師から話を聞き、母は悲しんだが、ウェールズの祖母は「牧師はばかだね。人間も動物も生きている。生きているものにはみな魂がある」とニコルの味方だった。

牧師でさえ、母親似の弱々しい美少年が、口やかましく歯向かってくるのに我慢がならなかったのだ。周りの少年たちはなおさらだった。おまけに、ニコルは学校に5人しかいないウェールズ生まれの1人で、話し言葉になまりもあった。

激しいいじめに遭ったのは、テュークスベリー・グラマースクール（中等学校）1年生、13歳の時だった。

学校は6人のいじめグループに牛耳られていた。みな年上で16歳や17歳の少年だった。彼らは、裁判官や弁護士、牧師など、社会的エリートの親に守られていた。教師からも一目置かれ、校内に根城となる部屋さえ持っていた。

下級生は順番にその部屋に呼び出され、大きな椅子の上に立たせられるとズボンを下ろされた。暖炉ではコークス（石炭を加工した燃料）が燃え上がり、突っ込まれた鉄の火かき棒が真っ赤に焼かれていた。彼らはその火かき棒を下級生の後ろに回すと、バケツの水につけてジュッと音を立てた。おびえる下級生を自分たちの言いなりにさせるのだ。

ニコルは暴れ回って抵抗するので、彼らの言いなりにはならなかったが、手加減をしないいじめは、下半身にやけどをするほどにエスカレートしていった。

教師への告げ口は、最もひきょうなものとされていたため、年下のニコルで

自転車にまたがる少年時代のニコル。当時から個性的で、やがて成長とともに自分の信じる道を進むようになる

あってもできなかった。限界に達したニコルは、服にナイフを忍ばせて登校した。

いつも通りニコルを部屋に連れ込んだ6人は、ニコルがポケットから取り出したナイフを構えると、目を見開いて後ずさった。

ニコルは、狙うはいじめグループのボス1人と決めていた。部屋から飛び出したボスを学校中追い回し、ナイフを突き出した。ボスは腹のかすり傷を押さえて泣き叫んだ。

この事件で、ニコルはなんの処分も受けなかった。6人のひどいいじめが初めて大人たちの知るところとなったのだ。非難されたのは6人の方だった。いじめを見抜けなかった校長以下教師の責任も厳しく問われた。

「不正には屈しない」。ニコルはさらに強くなりたかった。

第二章　青春時代、夢の入り口

柔道を通して日本と出会う

強い男になりたい――。ニコルをかき立てたのは、少年時代に受けたひどいいじめによるものだった。12歳の時にシー・カデット（海洋少年団）に入ったのも、いじめに負けない体力と格闘の技を身に付けたかったからだ。そこには海軍軍人の養父ジェームスへの憧れもあった。

ニコルはこのシー・カデットで運命の出会いをする。日本の柔道と、その師・小泉軍治だ。

実父の命を奪った日本軍であるが、太平洋戦争で敵対する前には、イギリスと日英同盟（1902年～23年）を結んで、ロシアの侵攻に備えた時期がある。特に海軍同士の交流は深かった。

日露戦争で活躍した戦艦「三笠」や「朝日」はイギリスで建造されている。竣工式では日本海軍による柔道や剣道の演武が披露された。イギリス海軍もまた、帆船から汽船へと進化して作業量が減った水兵の体力維持のため、日本の武術訓練を取り入れたのだ。シー・カデットにもその伝統が生きていた。

ニコルは15歳になっていた。学校は名門チェルトナム・グラマースクール（中等学校）に在籍していた。13歳から17歳までの男子生徒740人のうち、ウェールズ出身者は3人

左から２人目がニコル。12歳で入ったシー・カデットで柔道を覚え、やがて日本に導かれる

だけ、シー・カデットに入っているのはニコルだけだった。

ここでも上級生は絶対の存在だったが、ニコルはラグビー部の屈強な上級生にも歯向かい、けんかを繰り返した。その時に、柔道の技を使った。相手が見たこともない技をかけて、大きな相手をひねり倒す。校長や体育教師は眉をひそめたが、ニコルは得意だった。

心配した養父は、ニコルに柔道の精神も身に付けさせたいと、ＹＭＣＡ（キリスト教青年会）の柔道クラブに通わせた。

こうしてニコルは本物の柔道を知ることになったのだ。

日本の柔道の達人が来ると聞き、クラブで柔道を稽古しているニコルたちは心待ちにしていた。ところが、目の前に現れたのは、小柄で髪の毛が白くなりかけた初老の紳士だった。それが小泉である。ツイードのジャケットに、アスコットタイを身に着けた服装は、イギリススタイルそのものだった。

「なんだこいつ。ちっとも強そうじゃない」

ニコルが思い浮かべていた、首もないようなずんぐりむっくりのこわもてとは大違いだ。おまけに練習ときたら、半日はお辞儀の仕方。それがようやく終わったと思ったら、今度は受け身の練習だ。

3日目にようやく技を掛け合う乱取りが始まった。小泉も柔道着になり、クラブの教師の前に立った。教師は戦争体験もある元イギリス軍人で、身長は6フィート（約183センチ）もあった。

ニコルたちはニヤニヤした笑いをこらえながら、礼儀ばかりを教える小さな日本人が投げ飛ばされるのを待った。ところが、教師の足が出たとたん、宙を舞ったのは、小泉ではなく大男の教師だった。見事な出足払いだった。

ニコルが初めて出会った日本人である小泉は、本物の柔道と武士道に目を開かせてくれたのだった。

侍に魅せられる

小泉の話を聞いた祖父ジョージは「そうだろう。紳士でないと本当に強くはならない。礼儀こそが一番の護身術だ」と感心した。

ニコルの柔道に対する考え方も、小泉との出会いを境にがらっと変わった。本物の柔道修行のために、いつか日本へ行きたいという夢も芽生えていた。

しかし、これを母メアリーが喜ぶはずはなかった。母にとって、ニコルは教会でボーイソプラノを響かせる美少年だった。格闘技など、とんでもない。ましてやニコルの実の父は、太平洋戦争で日本軍の捕虜となり殺されているのだ。夫を奪った日本は「残酷な国」だった。

それに対して、祖父や養父ジェームスは寛大だった。イギリスと日本の海軍同士は、敵といえども尊敬し合っている。海軍の軍人だった養父は柔道に励むニコルを見守り、母の非難の目からもかばってくれた。祖父と養父には、ニコルのやや破天荒な青春を共に楽しんでいるところもあった。

ニコルが友達とビールの味を覚えたのは、16歳の時だった。いつものように友達とパブに潜り込み、大人ぶってジョッキを空けていた時、友達の顔色が急に変わった。向こうのテーブルに、ニコルの祖父と養父が並んで座ったのだ。

祖父はニコルを手招きして聞いた。「何を飲んでいるんだ」。鉄拳を覚悟したニコルが「ビールです」と神妙に答えると、祖父は大声で言った。

「ビールは分かってるが、そのジョッキはハーフだろう。うちの孫はハーフなんか飲むもんじゃない」

運ばれた大ジョッキを3代の男たちは、ぐいぐいと飲み干したのだった。そんな強い絆の中で、ニコルは日本への夢を育んでいったのだ。


名匠黒沢明監督の映画「七人の侍」に魅せられたのもこの頃だった。ニコルは映画愛好家のグループに入っていた。ある日、その小さな会場で上演されたのが「七人の侍」だった。16ミリのフィルムから映し出される日本の侍の姿にニコルは興奮し、それから機会あるごとに上演会場に通った。20回以上は見ただろうか。

日本刀に手をかけ、敵の気配を全身で感じ取る侍の姿は、あの柔道の達人小泉軍治につながるものだった。ニコルは町の骨董(こっとう)店で日本刀を求め、夜になると「七人の侍」の一員となって、映画のままに振り回してみるのだった。

ニコルはその日本刀に導かれるように、新渡戸稲造(にとべいなぞう)の著書『武士道』を知ることになる。教育者・農学者の新渡戸は、この一冊によって、武士道を日本人の道徳心の核心として欧米に紹介していた。

１８９９年、英語での書き下ろしである。その約40年後に生まれたウェールズの少年に、その精神は確実に根付き、やがて彼を日本へと誘うのである。

前列左から２人目が少年時代のニコル。後列右から母、祖父、祖母。母の姉妹、いとこらに囲まれて。

チームより自分の道

ニコルが14〜17歳の時に通っていたチェルトナム・グラマースクールは、イギリスで最も古い学校の一つで、国王ヘンリー8世の命を受けて開設された。初期ビクトリア朝風の校舎は堂々としていて、それを見ただけでも、伝統ある名門校だと分かる。全員男子生徒で、ネクタイを締め、グレーのズボンに学帽という制服だった。

740人の生徒の一員として過ごすニコルは、幼少期に興味を持てなかった国語や算数でも入学を許されるだけの学力を身に付けたのだ。しかし、他の生徒とは少々違っていた。

イギリスの学校では、生徒のほとんどがチームスポーツに夢中になる。クリケットやバスケットボール、そうしてなんといってもラグビーだ。ところが、ニコルは、例えばラグビーをやっている時、誰かがぶつかってきたり突いてきたりすると、ゲームであることを忘れ、相手をやっつけようと突進してしまうのだ。

ニコルにとって、スポーツは格闘技か個人でやるものか、このどちらかしかなかった。だから通ったのは、ウエートリフティングとレスリング、それにずっと続けてきた柔道だった。

そのためか、ニコルは学校の中でも目立つ強靭（きょうじん）な身体と優秀な成績でありながら、監督生徒（リーダー）に選ばれることはなかった。

しかし、ニコルにはその方が気楽だった。自分は自分の道を行くのだ。その中でも心身は鍛えられるし、出会いもある。

アメリカ軍ＭＰ（憲兵隊）曹長のマイク・デビートと出会ったのも、ＹＭＣＡの柔道クラブだった。ニコルより年上で20歳くらいのマイクは、米軍基地から通って来ていた。年下で稽古熱心なニコルに目をかけ、全体の稽古が終わった後、対面で稽古をつけてくれるのだった。

町で見かけるマイクは、白いヘルメットを着けて小型四輪駆動車に乗り、ルール違反のアメリカ兵がいないか目を光らせている。ニコルを見つけると、車を止めて声を掛けたり、コーヒーをおごってくれたりするのだった。休日にはジャズクラブへニコルを誘ったこともある。もっとも、そんな時には、いつもマイクのガールフレンドが２、３人付いて来るのだったが。

まだ10代のニコルに、町でのけんかの仕方や女性との付き合いについて教えてくれたのもマイクだった。

ニコルはパブの裏口で、イギリス人のごろつき４人にからまれているアメリカ兵２人を助けたことがある。ごろつきの１人は割れた瓶を手にしていたが、ニコルの手刀が入ると、路面に崩れ落ち、仲間に引きずられて逃げ去ったのだった。

この話を聞いたマイクは「手刀は危ないからやめろ」と笑い、相手から武器を取り上げる技を教えてくれた。後にニコルは、マイクの姓「デビート」の名を借りて、プロレスのリングに上がることになる。

極地探検夢見る「変わり者」

ニコルには、柔道と日本に憧れる前から、もう一つ抱いてきた夢があった。北極探検である。

始まりは12歳の時に見た記録映画だった。ロアール・アムンゼンとグリーンランドの先住民イヌイットたちの生活が記録されていた。アムンゼンは1911年に初めて南極点に到達したノルウェーの探検家である。

この映画を見せてくれたのは、当時ニコルが頻繁に通っていた博物館の館長だった。化石を拾っては、博物館へ「これは何ですか」と聞きに来る風変わりな少年に、館長は好感を持ったのだろう。

16ミリの映写機から映し出されたグリーンランドの風景は、たちまちニコルの心をつかんだ。槍投げ機を使って見事にカモ科の鳥ケワタガモを射貫く男、崩れ落ちる氷山が起こす大波を果敢にくぐり抜けるカヤックに乗った男…。

ニコルの心はスクリーンに入り込み、イヌイットの男たちと一緒に、北極でカヤックを操り、狩りをするのだった。心躍る体験だった。いつかこの夢を実現させるのだ。

しかし、同年代で、北極へ行きたいと考えているような者はいなかった。イギリスの優秀な少年が集まるグラマースクールでは、医者や弁護士、政治家や役人が進むべき道だった。日本での柔道の修行や極地への探検を夢に抱くような少年は「変わり者」なのだ。


そんなグラマースクールの中で、ニコルの話を真剣に聞いてくれる人が2人いた。

1人は2歳年下のブライアン・ジョーンズである。後に人気ロックバンド、ローリング・ストーンズを結成するミュージシャンで、学生時代からギターやハーモニカを演奏していた。グラマースクールではニコル同様、変わり者だった。同じウェールルズにルーツを持ち、ともに口から生まれてきたかのようによく話す。二人は互いの夢を尊重し、飽きることなく語り合った。

そして、もう1人が生物の教師ピーター・ドライバーだった。ピーター先生は、もともと北極への関心があったわけではない。科学好きの一人の教え子が、やけに熱心に北極の自然や生き物について語るのを面白がって聞いていたのだ。

ところが「北極へ行かないか」と先に言い出したのはピーター先生の方だった。ニコルの話にすっかり魅了され、教師の職を得てなだめていた生物学者としての情熱が、再び燃え立ったのだ。

カナダの大学で博士号を取ることを決意したピーター先生は、カーネギー財団からの研究費も得て、本格的に北極圏のケワタガモ調査に入ることになった。

「君が助手としてカナダまで来てくれたら、北極へ連れて行くよ。給料は払えないけどね」

ニコルがピーター先生の誘いを断るはずはなかった。北極への入り口が今、開こうとしているのだ。

第三章　北極への冒険〈一〉17歳の初旅

憧れの地へ

17歳になるニコルは、グラマースクール（中等学校）卒業の年を迎えていた。ニコルを北極へと誘った生物学教師ピーター・ドライバーは、一足先にカナダの大学へ旅立ち、調査の準備を進めている。その後を追うには、家族の説得という、越えねばならない大きな山があった。

母メアリーは、ニコルは大学へ進学するものと信じて、他の道など考えてもいない。ましてや、北極の探検などと聞けば、怒り狂うことだろう。柔道で力を付けたニコルは、年上の乱暴者にも平気で立ち向かうのだが、愛情が故の母の口やかましさには、なすすべがなかった。

ニコルは家族に黙って北極へ行く決心をした。「ちょっとキャンプへ行ってくる」。両親に言ったのはそれだけだった。北極では野営をする。キャンプには違いない。いつものキャンプと違うのは、少しばかり遠くで、パスポートが要るということだった。

パスポートの申請には親のサインが必要だが、ニコルは父ジェームスの筆跡をまねて自分でサインをした。旅費はためていたアルバイト代で賄えた。バックパックを背に旅立ったニコルは、カナダのモントリオールへ着いてから家族に本当のことを伝えた。

「これから北極へ行き、ピーター先生と科学調査の探検をします」と。

母の怒りはニコルの想像を超えたものであったらしい。もっとも、その怒りを直接受けたのは「とんでもないニコルの行動にいつも甘い」父と祖父ジョージであったが。

さて、モントリオールでピーター先生と再会したニコルだったが、極地探検に出掛けようとする先生には問題が発生していた。妻と赤ちゃんの3人でイギリスから来ていたのだが、その赤ちゃんが病気になってしまったのだ。

来たばかりの異国の地に、病気の赤ちゃんと妻だけを残して出発するわけにはいかない。ニコルは一人だけで先に探検地へ入ることになった。

そうはいっても、ニコルも17歳になったばかりだ。イギリスを出たのも飛行機に乗ったのも初めてだった。それが一人で北極へ出かけようというのだ。しかも、持ち金はわずかで、現地では自給自足のキャンプ生活という、なんとも無謀な計画だった。

モントリオールから飛行機に乗り、1500キロほど北上して、フォート・チモ（現在のクージュアク）に降り立つまでは、まだ元気だった。飛行機の窓から見る果てしな

恩師のピーター先生（右）と共に初めての北極探検でカナダを訪れた17歳のニコル

い荒野、森や湖、点在する鉱山の町、全てが胸を躍らせた。

12歳の時から夢見た冒険の地が、今ここに広がっている。博物館の16ミリ記録映画が映し出したアムンゼンの極地探検。あのスクリーンの地へ、ついに自分は来たのだ。

興奮が冷めて、事の深刻さに気づいたのは、飛行場に一人残されてからだった。

ニコルの足下には、テントや寝袋、調査のための機器、コーヒーやオートミールなど当面の食料を詰め込んだ荷物が転がっている。この荷物を持って調査地に行くには、目の前に広がる大河コックソアク川を越えなければいけない。

荒涼の地で、救いの声

フォート・チモ空港の辺りを見回しても、頼りになりそうな建物はない。痩せたクロトウヒに囲まれた居住地は、傾きかけたバラックや、壊れた自動車、さびたドラム缶が放置され、荒涼としたものだった。

ニコルは、ここで初めてイヌイット（先住民の一族）の人々を目にしたが、その姿はアムンゼンの記録映画に出てきた人々とは違っていた。カリブー（トナカイ）皮の上着でもなければ、アザラシ皮のブーツでもなかった。古びた作業着を着て、ゴム長靴を履き、積み荷作業を手伝っているのだった。記録映画で見た、あの輝くような笑顔はない。

この荒涼とした地の、どこにキャンプを張ればいいのだろう。どうしたら調査地点であるコックソアク川の向こう岸へ渡れるのだろう。

途方に暮れているうちに、雪交じりの強い風も吹きだした。せっかく北極探検の入り口まで来たのに、寒さに震えて引き返すわけにはいかない。

そんな時、「君、行く所がないのかね？」と声を掛けてくれた人がいた。カトリック聖職者の白いカラーを着けた初老の男性だった。彼の言葉はフランス語だった。

ニコルは学生時代に少しフランス語を学んだことがある。だからあまり得意ではないがフランス語で答えることはできた。

「着いたばかりで、どこへテントを張ったら良いのか分かりません」。辺りのテントを張れそうな場所には、既にイヌイットのテントが張られているか、彼らの犬たちが体力を持て余して走り回っていた。

「ここでキャンプはできないよ。待っていなさい」。男性はトラックを取りに戻ると、ニコルの荷物を荷台に積み込んだ。

運転をしながら彼は、自分の名前はルシャットであり、フランスからフォート・チモに来て宣教師をしていると話してくれた。

ルシャット神父の質問に答えて、ニコルも北極へ初めての調査に来たことや、一緒に来るはずのピーター先生が遅れていて、自分がまず一人でこの地へ来たことを伝えた。

ニコルが本来のおしゃべりを取り戻せたのは、ルシャット神父が、ニコルの片言のフランス語を聞いて、すぐに英語に切り替えてくれたからだった。神父の英語は、フランスなまりはあったが流暢(りゅうちょう)だった。

トラックは間もなく布教本部の建物に着いた。荷物は倉庫に運び込まれ、ニコルは大きな部屋に案内された。部屋はストーブで暖められていて、長机の上に夕食が準備されていた。食事を運んでいるイヌイットの女性にルシャット神父が声を掛けると、ほほ笑んだその女性は、湯気の立つシチュー入りの深皿を運んできた。

「カリブーのシチューだよ」。ルシャット神父の言葉を聞き、ニコルはモントリオールを出てからまだ一度も食事をしていないことに気づいた。腹がギューッと鳴った。ニコルの顔をじっと見ていたイヌイットの女性がクスッと声を出して笑った。

文明人寄せつけぬ地

フォート・チモでルシャット神父に会えたのはニコルにとってなんという幸運だったろう。さもなければ、憧れの北極を前にして世間知らずの青年は、瀕死（ひんし）の状態となって祖国へ送り返されていたことだろう。

「まだ川を越えることはできないよ。あと1カ月は無理だろう。氷が動いているから、とても渡れないんだ。ここにいなさい。急ぐことはないよ」

神父の言葉をニコルがモントリオールのピーター先生に電話で伝えると、ピーター先生はフォート・チモに来るのを遅らせることになった。それは妻と病気の赤ちゃんを心配する先生にとっても、ありがたいことだったのだ。

神父がニコルに与えてくれたのは、温かい食事とベッドだけではなかった。この地で30年も布教活動を続けている神父は、極寒の地での過ごし方や先住民イヌイットの人たちとの付き合い方、カリブーやアザラシの狩猟についてまで教えてくれたのだ。

お金を持たないニコルがお礼としてできたのは、荷物運びや犬の世話、こまごまとした雑用だった。それでも神父は喜んでくれた。ニコルの一生懸命な姿から、感謝の気持ちが十分届いていたのだ。祖父から教わり、柔道で身に付けた礼儀も、神父には気持ち良かったのだろう。

ひと月後、ピーター先生が追い付き、神父と別れることになった時、ニコルは初めてお礼の品を渡すことができた。小麦粉1袋と数枚のチョコレート、それが精いっぱいだった。顔を赤らめてそれらを差し出すニコルに、神父は大喜びしてくれた。

「おお、神よ。なんという宝物なのだ。旅立つ青年を守りたまえ！」

ピーター先生が調査地に選んだのは、極地に近いアンガバ湾沿岸だった。北極の一部と言っても良いこの地は、冬はマイナス20度にもなり、ニコルが着いた春の初めでも、気温がプラスになる日は少なかった。

湾には多くの島があり、渡り鳥の営巣が始まろうとしていた。樹木が生えないツンドラの地だったが、これこそニコルが憧れた北極そのものなのだ。

ピーター先生とニコルは、荷物を背にカモ科の鳥ケワタガモを追って沿岸を進み、野営を重ねた。食料はバノック（イースト菌を使わないパン）用の小麦粉ぐらいしか持たなかった。野営地で調達するつもりだったのだ。現地のイヌイットも狩りで食料を得ているのだから、自分たちにもできるはずだと考えていた。

ところが、極北の地は、イギリスから来た2人の文明人を簡単には寄せ付けなかった。まず、ケワタガモそのものが見当たらなかった。イヌイットの狩猟隊がモーターボートとカヤックで押し寄せ、その名の通り良質な「毛綿」を持つケワタガモを大量に撃ち取った後だったのだ。

彼らにとってケワタガモの羽毛は防寒具の良質な材料であり、また生活を支える商品にもなるのだ。この時季がその狩猟シーズンだった。おびえた群れは既にこの地を去っていた。

先住民との出会い

ケワタガモが見つからず、落胆するニコルとピーター先生を悪天候が包み、食料として捕獲できたのは、わずかばかりのカモメの肉に限られた。ひどい味だ。

栄養は偏り、壊血病の兆候が二人に現れていた。壊血病はビタミンCの不足からくる。歯肉から出血が始まり、傷の治りも遅くなる。治すにはビタミンCを含む食料がまず必要だ。ツンドラの野営地にいては、それは望めない。

近くの集落へ行って買うしかない。近くといっても、カヤックに乗って、大河の向こう岸へ渡るしかない。ピーター先生は、ケワタガモが消えたこともあって、イライラしたりふさぎ込んだりする日々だ。ニコルが一人で行くしかない。

ニコルは、カヤックに乗り込み櫂（かい）を握ると、慣れた手つきで水面に差し入れた。カヤックの操作は、イギリスにいた時から学んでいる。北極へ来てからさらにたくましくなった全身を使って、櫂の翼面で水を押す。岸辺で双眼鏡をのぞくピーター先生の姿が、見る見る小さくなった。

しかしアンガバ湾の潮流は速く、ニコルがこぎ入れた河口もその影響を受ける。満ち引きの潮位差は12メートルにもなり、小さなカヤックは流されるがままだ。腕がしびれて櫂の動きが途切れる。吹き付ける風と波がカヤックを襲い、そのたびにニコルの体も水に漬かった。

幸いなことは、目指す先住民イヌイットのテントの集落が遠く岸辺に見えてきたことだ。寒さと疲れで意識が遠のく中でも、ニコルの腕は櫂をこぐのをやめなかった。

やがてカヤックはにぶい音を立てて砂利に乗り上げた。ニコルは駆け付けたイヌイットの男たちに支えられ、テントの中へ運び込まれた。

楕円形のテントの中は、ドラム缶ストーブがたかれていて暖かかった。熱いお茶に砂糖をふんだんに入れたカップが差し出され、ニコルの体をゆっくりと温めてくれた。

荒れる大河の中から突然現れた西洋の青年は、イヌイットたちの関心の的となり、子どもから大人まで、ニコルのいるテントに押しかけた。

「どこから来た？」「おまえの名前は？」。片言の英語を話す若者が、みんなの代表となって質問し、ニコルが答えると、取り巻いたイヌイットの人たちがどっと笑う。

テントが沸いたのは、ニコルが「17歳だ」と答えた時だった。子どもの頃から極地で暮らすイヌイットの人たちにとっても、17歳の西洋人がこの極地で野営しているのは驚きだったのだ。

ニコルには、周りの人たちがうれしそうにささやき合う言葉が分からなかった。ただ、その言葉の響きには親しみが感じられた。ニコルも言葉の波に合わせて笑顔を向けていた。

やがて、片言の英語を話す若者が、みんなにせかされて「おまえの名前、ショホセック」とニコルを指さした。

ショホセック――。イヌイット語で「笑っている男の子」を意味していた。ニコルはイヌイットの人たちに仲間として受け入れられたのだ。

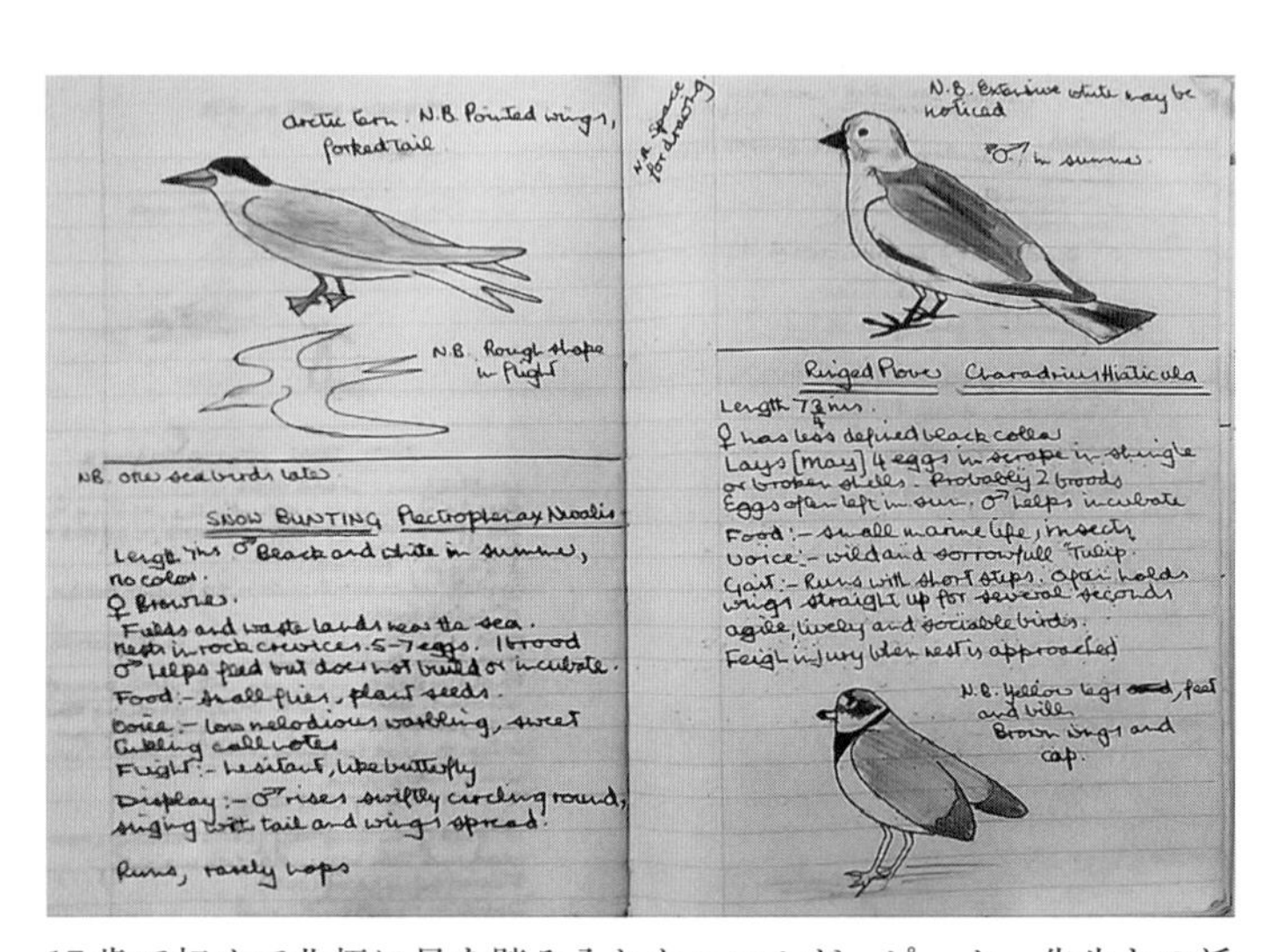

17歳で初めて北極に足を踏み入れたニコルが、ピーター先生との活動で残したフィールドノート（実地調査記録）。野鳥の生態がイラスト付きでまとめてある

自然への畏敬、生涯の指針に

ピーター先生との3カ月の野外調査は、初めての極地ということもあり、あまり実りのあるものとはならなかった。しかし、それで二人が意気消沈したわけではない。次の年も新しい計画で調査に入ったのだから。

ニコルにとっては、何もかもが胸躍る体験だったのだ。特に、先生と別れてからの、先住民イヌイットの仲間たちとの3カ月間の生活は、その後の人生を北極から離れられないものとした。

イヌイットの居住地で生活を共にしたニコルは、この地で生き抜く技術と精神を学んだ。

空港で見た作業員としてのイヌイットの姿も、今を生きる彼らの姿だったが、自然の中で生きる本来の姿も失ってはいなかった。自然の中でのつつましい生活である。必要な狩りをして、食料と身の回りの品に加工するのだ。

集落から犬ぞりで雪原を行けば、アザラシやカリブーの群れ、時にはシロクマにも出合う。しかし彼らは、集落の生活に必要な数の生き物しか捕獲しない。

肉は仲間で分け合い、内臓の一部は犬や他の動物にも分け与える。皮は衣類や敷物として使う。

アザラシを解体するイヌイット。22歳の頃のニコルが北極の野外調査の際に撮影した

どの動物たちの肉もおいしかったが、ニコルの好物となったのはムクトク（シロイルカの脂皮）だった。解体して切り分けられたムクトクを口に入れると、コリコリとした歯応えがあり、何とも言えない風味が広がる。イカかアワビに似ているが、味はもっと深みがある。しかも多くのビタミンが含まれていて、厳寒の冬を過ごすイヌイットにとって宝の貯蔵食なのだ。

北極は海産物も豊かだ。潮の引いた海岸では昆布を好きなだけ採ることができる。キャンプ地へ戻ると、アザラシの骨や内臓がぐつぐつと煮えたぎる大鍋にこの昆布をぐらせて食べるのだ。鍋を囲むイヌイットの足元には、それぞれ昆布が入ったバケツが置かれている。熱いスープをくぐらせた昆布は、鮮やかな緑色になって絶妙な味となる。

ニコルはイヌイットの人たちと共にこの豊かな北極の生活を堪能した。そうして、自然と共に生きることこそ、一番の豊かな生活であることを知ったのだ。

狩猟を生活の糧とするイヌイットであるが、彼らは動物を殺すのは良いことではないと思っている。だから最低限の動物しか殺さない。殺す時には痛みを感じさせないようにライフルの一撃で仕留める。

殺した後は、必ず獲物の魂に感謝し祈りをささげる。殺した動物たちの魂を、彼らは一生背負って生きるのだ。

自然への畏敬と、他の生き物の尊厳への礼。このイヌイットの精神は、ニコルの心にも深く根を下ろし、生涯の指針となるのだった。

ニコルが北極を３度目に訪れた時の夏の光景。先住民イヌイットの家族が、アザラシの皮をなめす前に脂肪をそぎ落とす作業をしている。自然の中でつつましく生きる姿は、若いニコルの心に大きな影響を与えた

第四章

北極への冒険〈二〉18歳の苦闘

2度目の極地へ

初めての北極行きからイギリスに戻ったニコルは、3カ月を慌ただしく過ごし、1959年春、2回目の北極へと旅立った。やはりピーター先生の野外調査の助手として。18歳になっていた。

今回の調査地は、カナダ・ハドソン湾の中にあるベルチャー諸島だった（41ページ地図参照）。今回もニコルが先にハドソン湾沿岸のグレート・ホエール・リバーの地まで行き、そこでモントリオールから来るピーター先生を待つことになった。春とはいえ、まだ川も湖も凍結している。これが解けなければ、ベルチャー諸島へ水上飛行機を飛ばすことはできない。

ベルチャー諸島を調査地として選んだのは、その地にまだ西洋の文明が入り切っていないからだった。前回の調査地だったアンガバ湾沿岸では、モーターボートで押し寄せた狩猟隊によって大規模な狩りが行われた後で、調査対象のケワタガモ（カモ科の鳥）を見つけることができなかった。それに対して島で先住民イヌイットの人たちが続ける昔ながらの狩猟は、ケワタガモを追い散らしてしまうほど大がかりではないはずだ。

それでも心配なニコルは、ピーター先生を待つ間に、現地のイヌイットの人たちに聞き込みをして歩いた。

「こんな鳥はベルチャー諸島にいますか？」。ニコルがノートに描いたケワタガモのスケッチを見せると、どのイヌイットも「イーッ（イヌイット語でイエスの意味）」と答えるのだった。満面の笑みだ。

答えがあまりに早く、みな同じようにうれしそうなので、いるはずがないダチョウの絵を試しに描いて見せると、これにも同じく「イーッ」だった。イヌイットの人たちは、ニコルを喜ばせようと、どの鳥を見せても「イーッ」なのだ。悪気があるわけではない。話す相手に笑顔になってもらいたいだけなのだ。

ここで頼りになったのは、同じイギリス出身の研究者ミルトン・フリーマンだった。彼は当時、ニコルより6歳年上の24歳で、モントリオールの大学院の院生としてホッキョクトゲウオの生態を研究していた。

ホッキョクトゲウオは求愛や子育てが特徴のかわいらしい魚だが、ミルトンはたくましい腕と厚い胸をした屈強な青年だった。彼は同郷のニコルを弟のように気に掛けてくれた。これから行くベルチャー諸島の情報を教えてくれたのも、ミルトンだった。

ハドソン湾に浮かぶベルチャー諸島は、大小1500もの島々によって構成されている。島々はひどく細長く、曲がりくねった川が湖から入り江へと続く。険しい山の尾根には、コケも草も見られないのだが、たくさんの海鳥やアザラシがそこをすみかとしていた。

もちろん、島にはイヌイットもいた。島のカリブー（トナカイ）は捕り尽くされているので、彼らは、冬の衣服をケワタガモやアビ（海鳥の一種）の柔らかな皮を使って作る。皮のパッチワークとしてつなぎ合わされ、彼ら独特の美しく着心地の良いアノラック（フード付きの上着）になるのだ。

ベルチャー諸島に暮らすイヌイットにとって、一番の交通手段は手作りのカヤックだ。流木に開けた穴に、アザラシの皮で作ったひもを通して骨格を作る。これをやはりアザラシの皮ですっぽりと包むのだ。

皮を縫い合わせるのも、糸ではなくアザラシの強靱な腱だ。しかも、腱を通した針は貫通させず、皮の厚みの半分まで刺してすくい上げる。これで水が染み込むのを防ぐことができる。

島のイヌイットは、このカヤックに乗ってアザラシや海鳥の狩りに出る。それは、ニコルが12歳の時に博物館で見て憧れた、ノルウェーの探検家アムンゼンの記録映画そのものの姿だった。

それに対して、ニコルやミルトンが使うのは、イギリス製の折り畳み式カヤックだ。持ち運びが便利で、安定もしている。それでもニコルは、イヌイットの人たちが使う本物のカヤックに憧れた。もっとも、アザラシの皮で覆ったカヤックは、毎年の皮の張り替えが

犬ぞりで調査地に向かう 20 歳頃のニコル

必要で、油断して置きっ放しにしておくと、飢えた犬にかじられることもあったのだが。

「それじゃあ、僕は先に行くよ」

ミルトンが犬ぞりの手綱を手に振り向いた。この地が初めてではないミルトンは、まだハドソン湾を厚く覆う氷上を犬ぞりで越えて、ひと足早くキャンプを張るという。日焼けした笑顔がまぶしかった。

ニコルが、ピーター先生と共に、チャーターした水上飛行機でベルチャー諸島のカセガリク湖に着いたのは、春の日差しが力を増し、湖の氷を解かしてからだった。パイロットの荒っぽい着水に神経をすり減らし、重い荷物を陸に揚げ、力を振り絞ってテントを設営した。

二人ともぐったりとして腰を下ろした時、「よう、誰かいるかい?」とおどけた声がした。人懐っこい笑顔を浮かべたミルトンだった。ニコルは頼りになる兄に出会ったように元気が出るのだった。

調査地までは、そこからさらに3日間の水上の旅が必要だったが、ミルトンと彼の友人のイヌイットが助けてくれた。どれだけ心強かったことだろう。

初めての調査地で、ピーター先生はいつもイライラしていて、他に当たる者もなく、ニコルへ向けて爆発するのだ。そんな時に陽気な笑顔と冗談で場を和ませてくれるのが、ミルトンだった。

旅はハプニングの連続だった。早瀬を渡る時に、バランスを崩したカヤックから、燃料入りのドラム缶が転がり落ちてしまったこともある。見る見る遠ざかるドラム缶を眺めて諦めるしかないと思われたが、ニコルはその晩、何時間もかけて下流を探し回った。調査のひと夏を燃料もなく過ごせば、ピーター先生の不機嫌さが増すことは分かり切っていた。

ニコルはカヤックで川を下り、ひと晩探し続け、ついによどみに浮かぶドラム缶を見つけ出したのだ。危険と幸運の綱渡りのような旅だった。

ピーター先生の顔に笑みが戻ったのは、目的地であるロバートソン湾に着き、その岩礁に何千羽ものケワタガモが営巣しているのを見た時だった。ミルトンは安心したようにニコルにウインクして、はるか離れた自分の調査地へと戻っていった。

ミルトンはお礼の品を何一つ受け取らなかったが、彼の友人の先住民イヌイットに渡すわずかなお茶と砂糖、そうして数発のライフルの弾まで断ることはしなかった。その後、ミルトンとニコルの友情は、生涯を通じて続くことになる。

嵐に飛ばされる

ベルチャー諸島でのピーター先生の調査は順調に進んだ。ケワタガモに導かれて、先生はイヌイットさえ入らぬ未踏の地へと調査を進めた。ニコルは、ベースキャンプで荷物を守り、一人でいる日も多くなった。そんな時、事件は起きた。

北極圏では、天候の急変は珍しいことではない。その日も午前中、食料となる海鳥を仕留めたニコルが、テントに戻り、一人昼を食べていると、フライシート（テントの外張り）がバタバタと音を立てだした。外に出てみると、灰色の雲が激しく動き、薄暗くなった中を横殴りの雨が打ち付けている。嵐だ。

フライシートを固定したロープが、抜けた杭（くい）を付けたまま生き物のように風に踊っている。フライシートが飛ばされたら、テントは水浸しになる。

ニコルは必死でロープをつかんだ。しかし、大きな凧のようになったフライシートは、強い力でニコルを引きずる。ロープにこすられ、手は血だらけだ。離すまいと、ロープを腕に巻き付けた。一段と強い風が襲い、ニコルは顔を背けて目をつぶった。その時、残っていた杭が抜け、ニコルの足がふわっと浮いた。

フライシートと一緒に風に飛ばされたニコルは、原野に残る氷床まで運ばれ、激しく打ち付けられた。夕方になって、調査から戻ったピーター先生に発見されるまで、横たわったまま意識を失っていた。

テントの中に連れ込まれると、そのまま眠り続けた。頭が割れて血が流れていたが、北極の原野では医者を呼ぶこともできない。ピーター先生の見守る中、ただただ眠り続けることが唯一の治療だった。

それにしても、ピーター先生が調査から戻らなかったらどうなっていただろう。打ちつける風雨に体温を奪われ、命を落としていたにちがいない。

しかし、幸いニコルには武道で鍛えた若い肉体があった。眠り続けた4日間が過ぎ、ニコルは目を開けた。そこには、心配そうにのぞき込む知らない顔があった。

ニコルは、ピーター先生の顔が分からなかったのだ。それだけではない、自分が誰なのか分からない。

テントの中は、差し込む光で明るいのに、ニコルは大きな闇に押し込められているような不安を覚えていた。

記憶喪失の闇

頭の傷は、ほどなく治ったが、ニコルの記憶はなかなか元に戻らなかった。事故に遭った日の記憶はもちろん、イギリスでの生活も思い出すことができない。それでも、北極に来てからの数カ月の記憶は、少しずつ取り戻していた。事故から1週間もたたないうちに、キャンプ地での仕事にも復帰した。

しかし、ニコルには記憶喪失から来る猛烈な不安と頭痛が残っていた。物を言おうとすると、言葉につかえてしまい、そのことも自分をいら立たせた。目に見える傷は、他人にも分かるが、脳の損傷から来る心の症状は自分にしか分からない。一緒に生活するピーター先生も、心配はしながらも、ニコルの記憶が戻るのを待つしかなかった。

北極の夏は短い。ピーター先生の調査が再開され、ニコルはまた一人でキャンプを守る日々が始まった。以前なら、食料となる海鳥の狩猟に出掛けたり、火を燃やす流木集めに忙しく動き回ったりするのだったが、そんな気にはなれなかった。記憶喪失の闇と、絶え間なく襲い掛かる頭痛の中で、気分はどんどんと落ち込み、いつしかこんな自分を消してしまいたいとまで思うようになっていた。

そんな日が続いたある時、テントの中で力なく腰を下ろしたニコルは、ふっとライフルに手を伸ばしていた。恐ろしいことにカチッと音がした銃口は、自分に向けられていた。いつもは銃弾が入っているのだが、その日はたまたまピーター先生が銃の整備をした後で、銃弾は抜かれていたのだ。

空撃ちをした撃鉄の音で、ニコルはわれに返った。自分は死のうとしていたのだ。テントが開けられたのは、どれぐらい時がたってからだろう。顔を出したのは、1回目の北極探検の時からニコルが慕っている先住民イヌイットの長老だった。イヌイットの知り合いや研究仲間のミルトンは、ニコルが事故に遭ったのを伝え聞いて、時々様子を見に来てくれていたのだ。

「間に合った。私に付いて来なさい」。長老はニコルが死のうとしていることを知っていたかのようにそう言うと、テントの外へと歩きだした。小柄なその背中は、まっすぐに伸び、足の運びに体の衰えは見られない。ニコルは引っ張られるようにその後に従った。小さな丘の上に着くと、長老は初めて振り返った。

長老の足下から、丸い石を積んだだけの墓がいくつも連なっている。

「どの墓にも、それぞれの人間の歌がある。それぞれの一生を物語る歌だ」。長老の言葉に、ニコルは黙ってうなずいた。

石を重ねた墓は、コケの付いていない新しい物もあれば、乾いたコケと鳥のふんがこびり付いた物もある。海からの風が吹きつける中、長老は墓に眠る一人一人の人生を語って聞かせた。「おまえが今死んだら、何も残らない。おまえも歌を残さないと駄目だ」

ニコルは膝を突いて、両手に小さな石を握り締めた。温かい涙が頬を流れ、頭の中に広がっていた闇が、ゆっくりと晴れていくのを感じていた。

嵐による事故の後遺症で、命を落としかけたニコルだったが、先住民イヌイットの長老の教えによって踏みとどまることができた。完全に記憶が戻るまでは、それから半年以上かかるのだが、少しずつ戻る記憶は、ニコルの心を安定させた。

その年の冬が近づく頃、ドイツの船に乗ってニコルはイギリスに戻った。チェルトナムの家では、北極での探検談を共に楽しむ父ジェームスと、命にかかわる事故の話に「二度と北極へ行ってはいけない」と、心配が怒りに変わる母メアリーが待ち受けていた。

不思議なことに、ニコルの記憶は、チェルトナムにある探検家エドワード・ウィルソンの石像を見た時に天啓を得たように完全に回復した。ウィルソンは、南極点に到達した後、帰り道で遭難して命を落としたイギリスの冒険家であり医者であった。

回復したニコルの記憶は、事故の前よりも鮮明となっていた。また、ニコル自身、後になって気付くのだが、日記の記述も事故の前後では変わっていた。

事故に遭う前の日記には、自己中心の傲慢（ごうまん）な若者の思いが目立つが、事故の後からは、周りに目を配り、共感の思いを書くことが多くなっていた。特にイヌイットの人たちに対しては、そうだった。先進国の若者の、どこか珍しげにイヌイットを見る記述は消えて、同じ地で生きる仲間としての信頼と尊敬がつづられるようになっていた。

この事故の体験を基に、ニコルは初めての小説を書いた。

『ティキシィ（イヌイット語で〝笑顔の少年〟の意）』。どこにでもノートとペンを持ち歩き、思い付いたことはバスの中でもメモをした。

小説が完成するには、6年の歳月が必要だった。出版社に認められるには、さらに10年余の練り直しが必要となるのだが。しかし、これがニコルの最初の作品となり、その後の文学活動の起点となったのは間違いない。

それはイヌイットの世界に魅せられた若者の変身の物語だった。

プロレスに熱

父母が暮らすチェルトナムの家に戻ったニコルは、母メアリーを安心させるためにセント・ポール教育大学へ入学した。しかし、教員になる気はなかったし、安定した教員生活を目指す学生の中にあって、それに満足しないニコルは異端の存在だった。何よりも、イヌイットの人々が暮らす北極の地が、ニコルを呼んで離さないのだ。

ニコルはいつでも北極へ戻れるように、アルバイトを始めた。それは、イギリスのあちこちを巡業して歩くプロレスラーだった。街のパブに潜り込み、かつての仲間と飲んでいる時にスカウトされたのだ。ごろつきにからまれていたアメリカ兵をニコルが救った武勇伝は、まだ街に残っていた。

修練を重ね、厳寒の北極で鍛え上げたニコルの体は、リングに上がっても他のレスラーとなんら見劣りすることはなかった。柔道の受け身は、マットの上で投げ飛ばされる体を守ったばかりか、派手な音を立てて観客の興奮を誘った。しかも、当時のイギリスでは最年少、19歳のレスラーなのだ。人気が出ないはずはなかった。

リングネームは「ニック・デビート」。ＹＭＣＡ柔道クラブで、ニコルを弟のようにかわいがってくれたアメリカ軍ＭＰ（憲兵隊）マイク・デビートから名を借り受けたのだ。

ニコルがプロレスのアルバイトを始めた１９６０年前後は、日本においてもテレビの普及とともにプロレス熱が高まった時である。戦勝の勢いが残るイギリスにおいては、なおさらだった。

筋骨隆々の体でリングに上がった頃。北極で体力づくりに励む

ニコルをスカウトしたのは、月2回の地方巡業を行う小さな業者だった。興行主の男とその妻が、日程や会場をやりくりし、古いライトバンに6人のレスラーを押し込んで移動する。

レスラーは、詩集を手放さないインテリもいれば、軍に内緒でマスクをかぶる現役の軍人もいた。

皆、本業を持っていて、レスラーはアルバイトだったが、この収入は本業に勝るほどだった。事実、ニコルのアルバイト料は、父の収入を超える時もあった。

しかし、ニコルのプロレスラーとしてのアルバイトを快く思わない者が2人いた。1人はもちろん母メアリーである。家族に黙って北極へ行き、命を落としかけたというのに、またリングの上で危険な闘いを始めたのだから。かつて聖歌隊でボーイソプラノを響かせていたかわいらしい息子が、筋肉をつけ、傷を負って闘牛のように変わってしまう…。

プロレスの巡業から夜遅く家に帰ると、ドアには鍵に加え、かんぬきまで掛けられていたこともあった。何度言っても、危険なアルバイトに出掛けてしまうニコルに対する母の心配は、怒りとなって爆発し、とうとう家からの閉め出しとなったのだ。ニコルは仕方なく納屋で古新聞にくるまって寝たのだった。

翌朝早く、木戸を開ける音に目を開けると、そこには父ジェームスがいた。手には湯気の立つ大きなマグカップが握られている。渡されたカップを口に付けると、ラム酒と砂糖入りの紅茶が温かく流れ込んできた。

「母さんには言うなよ。二人とも殺されちまうからな」。そう言うと、父は大きなベーコンサンドイッチも渡してくれた。父がよく作ってくれるニコルの好物だった。ニコルが口いっぱいにサンドイッチを頬張ったのは、おなかがすいていたせいもあるが、何か言おうとすると、涙があふれそうになるからだった。

こうして、母の怒りからは父が守ってくれたのだが、そうはいかないもう1人の反対者がいた。ニコルが通う教育大学の学長である。

プロレスの興行は学生たちにも人気で、ニコルが出るということもあって、知り合いの学生たちが大学のバスを借り、観戦ツアーで来てくれたこともあった。これを苦々しく思っていたのが学長だった。

ある日、ニコルは学長室に呼ばれた。「下品なプロレスをやっている学生はここにはいらない。今すぐプロレスラーを辞めなさい」

ニコルはプロレスや仲間のレスラーを下品と言われたことに我慢がならなかった。

「分かりました。辞めます。この大学を」。ニコルは元々この大学に魅力を感じていなかったし、教員になる気もなかったので、退屈な学生生活に区切りを付けられてすっきりした。頭の片隅に怒り狂う母の姿が浮かんではいたが。

恋に落ちて

ニコルが、プロレスのアルバイトを手放さなかったのは、3度目の北極行きの資金をためたかったほかに、もう一つ理由があった。

イギリスでは18歳から飲酒が許される。7月に20歳となっていたニコルは、パブに出入りするには十分な年齢だった。母親似の美青年は陽気にジョッキを傾け、北の果てでの冒険を輝く笑顔で語る。そのニコルを熱いまなざしで見つめる一人の若い女性がいた。若者が多いそのパブでも目立つ、美しい金髪だった。育ちの良さを思わせるのは、親が大地主だったからだ。

年頃となった女性は、パブで出会った自由な生活を謳歌する青年に夢中になった。ニコルもまた、恋に落ちた。しかし、良家の子女とデートを重ねるには、学生の小遣いでは足りない。それもあって、プロレスのアルバイトを辞めるわけにはいかなかったのだ。

大学を勝手に退学して、パブに入り浸り、若い女性に夢中になるニコルを、母メアリーが許すわけがない。さすがの父ジェームスでも、かばい切れないところまできていた。

母がとりわけ心配したのは、ニコルの弟で、10歳になるエルウィン・ジェームス・ニコルへの悪影響だった。

エルウィンは兄を慕っていた。幼い頃から、10歳年上のニコルの後を追い、ニコルもそんな弟の面倒をよく見ていた。両親が留守の時には、二人で冷蔵庫のジャムを好きなだけ口に入れたり、危険なエアライフルでミニチュアおもちゃの「スズの兵隊」を撃ったりしたものだ。

大人にとって悪い遊び、危険な遊びほど子どもたちを興奮させ、絆を強めるものはない。しかし、今のニコルの生活は、10歳の弟には刺激が強過ぎる。母は、地球の果てまで冒険に出掛けてしまう兄はともあれ、弟には落ち着いた将来を選んでほしかったのだ。

その頃、父ジェームスは長い航海が付き物の海軍生活に区切りを付けて、陸軍省の警察官に転職していたが、新しい仕事に慣れず苦労していた。つつましい生活を求める一家には、奔放な青年ニコルが収まる場所はもうなかった。

ニコルは家を出た。向かった先はイギリスの南、ブリストル海峡上にあるランディ島だった。面積は約4・5平方キロ、東京ドームの10倍ほどの広さだ。

昔は海賊の巣と呼ばれ、本土から近づくのも難しい島だったが、ニコルが移り住んだ時は、ホテルやバーもあり、本土からの観光客も多かった。ニコルは、この島の鳥獣保護区監視官助手として雇われたのだ。

島の真ん中には、大きな池があり、シギやカモなど渡り鳥が羽を休める場所となっていた。この環境を保全し、鳥を密猟者から守る仕事は、ニコルにとってうってつけだった。

小さな小屋だが、住む場所もあった。そして、その小屋には、ニコルを追って島へ渡った若い女性の姿もあった。パブで出会った、大地主の娘である。

監視官助手としての収入はわずかなものだったが、ニコルはランディ島でも、経験を生かした副収入の道を見つけた。島に大量に生息している野生のアナウサギの狩猟だった。茶色い毛のアナウサギは、穀類を食べるので農家から嫌われていた。ニコルは島のオーナーの紹介で狩猟に参加することになったのだ。

祖父に付いて12歳の時からライフルで狩猟をしていたニコルは、22口径ライフルの免許を持ち、北極でも鍛えたその腕は確かだった。アナウサギ1匹は2シリング6ペンスになる。ビールを大ジョッキで5杯飲めるのだ。ヨーロッパでは昔からウサギの肉はよく食べられている。とりわけアナウサギの肉は鶏肉に似て癖がないので、本土の肉店も喜んで買い取ってくれる。運搬はトロール船の船長が引き受けてくれた。

ニコルが持ち帰るアナウサギは、肉店でも評判が良かった。ライフルの弾がウサギの肩や胸に当たると肉が傷んでしまうのだが、ニコルは首や頭を正確に狙った。たまたま傷めてしまったものは、島民に分けて食べてもらった。多い時には週に60匹にもなるアナウサギの狩りで、生活は十分だった。

プロレスのアルバイトも続けていた。月2回、船で本土に戻ると、バスや電車、それがない時にはヒッチハイクで興行の場へと向かうのだ。

収入のためでもあるが、ニコルはレスラー仲間が好きだった。苦労を重ねてリングに立つ仲間は、若いニコルにいろいろな人生経験を教えてくれた。そこには普通の暮らしにはない刺激と、格闘技から離れられない男たちの哀愁があった。

ランディ島でのこの生活を、ニコルは共に暮らす恋人と、ずっと続けてもよいと思っていた。そんな時、思いがけなく両親と弟の3人が、ニコルを探して島を訪ねてきた。島が緑に包まれた8月のことだった。

小屋の戸口に立った母メアリーは、粗末な小屋の住まいにびっくりしたようだったが、それよりも驚かせたのは恋人の存在だった。父ジェームスと弟のエルウィンは、台所につるされているウサギや、ぎっしりと並べられた酒瓶を楽しそうに見て回っている。

ニコルは久しぶりに会う母との会話が気まずかった。恋人はそんな二人に遠慮して、エルウィンを庭に誘った。しばらくすると、エルウィンのうれしそうな笑い声が、開け放した窓から聞こえてきた。それとは逆に、小屋に残った両親とニコルの会話は弾まなかった。

母は怒ることなく帰って行った。成長した長男が、自分の手の及ばぬ世界に踏み込んだことに、ようやく諦めがついたのだろう。一方で、若い二人の島での生活が、長く続かないことも知っているようだった。事実、秋を待たずに女性はニコルの元を去って行った。彼女にとって、ニコルとの恋はひと夏の冒険に過ぎなかったのだ。

第五章　北極への冒険〈三〉　20歳の躍動

叔父との決別

ニコルは、ひどく傷ついていた。心から愛していた女性が「あなたと本気になるなんて」との言葉を残して、自分の前から消えたのだ。彼女は大地主の両親がいる屋敷に戻り、門を閉ざしてしまった。

残されたニコルは、やり場のない思いを日記に書き殴り、失恋の淵から浮かび上がれない日々を過ごしていた。

そんな時に、その電報は届いたのだった。差出人はカナダの「モントリオール北極調査研究会」。北極デボン島で大規模な探検があるから越冬隊として参加しないか、という誘いだった。ニコルには、この電報が天から差し出された神の手のように思われた。そうして、北極への情熱を再び思い出していくのだった。

3度目の北極行きを決意したニコルには、やり残したことがあった。生まれ故郷ウェールズの実家を訪ねることだった。

ニコルがランディ島で過ごしていたその夏、祖母マリーと祖父ジョージが相次いで亡くなっていた。1960年、ニコルが20歳になった年だった。

祖母は眠っている間に突然息を引き取った。最愛の妻を亡くした祖父は、悲しみに沈んだまま衰弱し、その3カ月後に妻の待つ天国へと静かに旅立ったのだった。

一緒に暮らしていたグウィン叔父が親族に見せた祖父の遺言書には、財産のほとんどはグウィン叔父に譲ると書かれていた。ニコルには、祖父の時計が一つ渡されただけだった。いきさつはともかく、ニコルはそれでも満足だった。

叔父家族が住むウェールズの実家に、もはや執着はなかった。ただ、イギリスを離れる前に、祖父母の墓に別れを告げたかった。また、グウィンの妻である叔母オリーブが、重い病にかかっているという知らせも気掛かりだった。幼い頃のニコルを、叔父の執拗(しつよう)ないじめからかばってくれた叔母だった。


北極行きを控えたニコルは、久しぶりにウェールズの実家を訪ねた。病に伏していた叔母は、喜んで迎えてくれた。午後の半日、二人は祖父母の思い出を懐かしく語り合った。そうして、ニコルは再び北極へ行くことを叔母に告げた。

叔父グウィンが家に戻ったのは、夕方になってからだった。ニコルは叔父に会うつもりはなかったが、叔母のすがるような目に帰りそびれていたのだ。

家に入ってきた叔父は、ニコルを見るなり怒鳴り始めた。自分の2人の息子に、ニコルがイギリスを出るようにたきつけているというのだ。言い掛かりだった。いとこたちも、始終わめき散らす父親に嫌気が差していた。年頃になり、そんな父親に反抗して家を出たがるのは無理もないことだった。

叔父がののしるのを我慢して、ニコルは叔母にさよならを言い、出口へと歩き始めた。その背に向かって、叔父はなお、聞くに堪えない言葉を投げ付けてくる。

ニコルは向き直り、叔父をにらみつけた。怒りに燃えた目は、叔父のプライドをひどく傷つけたようだった。かつて、自分の力におびえて目を上げることもできず泣いていた少年が、成長して現れ、鋭い反抗の目を向けたのだ。叔父はいきなりニコルに跳びかかると、左手で上着をつかみ、右のこぶしを振り上げた。

しかし、叔父は既に50歳になろうとしていた。腕の筋肉は脂肪に取って代わっている。これに対してニコルは、プロレスのリングに立つ20歳の若者に成長していた。その体を、幼い頃から自分をいじめ続けた叔父への恨みが、激情となって駆け巡ったのだ。

プロレスはショーであり、相手に致命傷を与えることはしない。しかし、この時のニコルは怒りに理性を失っていた。振り下ろされた叔父のこぶしを払うと、その右腕をつかみ、背負い投げていた。

宙を舞った叔父の頭が大きな樫のテーブルのへりにぶつかり、にぶい音を立てた。崩れ落ちて床に手を付く叔父の体を、ニコルは何度も蹴りつけた。叔母オリーブの悲鳴が聞こえなければ、そのまま叔父の命まで奪っていたかもしれない。

ニコルは床にぐったりとしている叔父を見下ろした。叔父の目は、驚きと恐怖に見開かれている。「あんたが死ぬまで、もう二度とこの家には来ない」。ニコルはそう言い残してウェールズの家を出たのだった。

叔父は肋骨（ろっこつ）を折るほどのけがを負ったのだが、そのことを警察にも他人にも言うことはなかった。彼のプライドが許さなかったのだ。しかし、叔母やいとこを通じてそのことは親族に知られていった。

親族の半分は、ニコルを「黒い羊（集団から排除すべき者）」と非難し、もう半分は今までの叔父の行いを考えれば当然の報いだとした。叔母でさえニコルの味方だった。その長男も同じ日に家を出たことを、ニコルは後から知った。

ニコルは叔父に投げつけた言葉通り、その後ウェールズの家に帰ることはなかった。いや、それどころか母メアリーが死ぬ１９７６年まで16年の間、イギリスにさえ戻らなかった。

叔母は事件から3カ月後、進行していたがんによって死を迎えた。叔父はそれから間もなく再婚して、ウェールズの土地も家も売り払ってしまった。

世界最大の無人島に先発

年が明けた1961年3月、ニコルは3回目の北極遠征を目指して船上の人となった。春にはまだ早く、北の海は灰色の雲の重さにあらがうように荒れていた。

カナダでニコルの到着を待っていてくれるのは、北米北極研究所の所長マイク・マースデン教授である。ニコルと同じイギリス人であり、当時40代だった。ニコルが初めてカナダへ行った時に出会い、お金も持たずに来たニコルのために研究所の雑用仕事を世話してくれた恩人だった。今回のデボン島遠征隊の一員に、最年少のニコルを推薦してくれたのも、マイク所長だった。

4月、ニコルは目的地デボン島の地に立った。世界各国から集められた科学者からなる遠征隊の中にあって、20歳のニコルは異色の存在だった。マイク所長は、ニコルの若い体力と2度の北極体験に期待したのだ。

デボン島はピーター先生との2度目の探検地だったベルチャー諸島よりも極点に近く、広さは四国の3倍ほどもある。寒さに加えて、樹木を寄せ付けぬ環境の厳しさから、先住民イヌイットも狩りで上陸こそすれ、住むことはしない。世界最大の無人島である。

しかし、それ故に、太古の化石や人類の痕跡が手付かずで残されている。生息する植物や動物も島内に閉ざされており、科学者にとっては自然の博物館としての魅力を備えていた。

今回の遠征隊には、この4月から翌年9月末まで1年半の間に、科学者約20名が参加することになっていた。気象や考古学、氷河・地質に海洋学と、専門とする分野はさまざまだが、酷寒の地をものともしない研究への情熱と、世間の常識に収まらない個性の豊かさは共通していた。こうした一筋縄ではいかない彼らを束ねるのが、アメリカから来た海洋学者スペンサー・アポローニオだった。

モントリオールの研究所に集まった彼らは、まず飛行機でデボン島の近くにあるコーンウォリス島に移動した。この島には滑走路があるのだ。

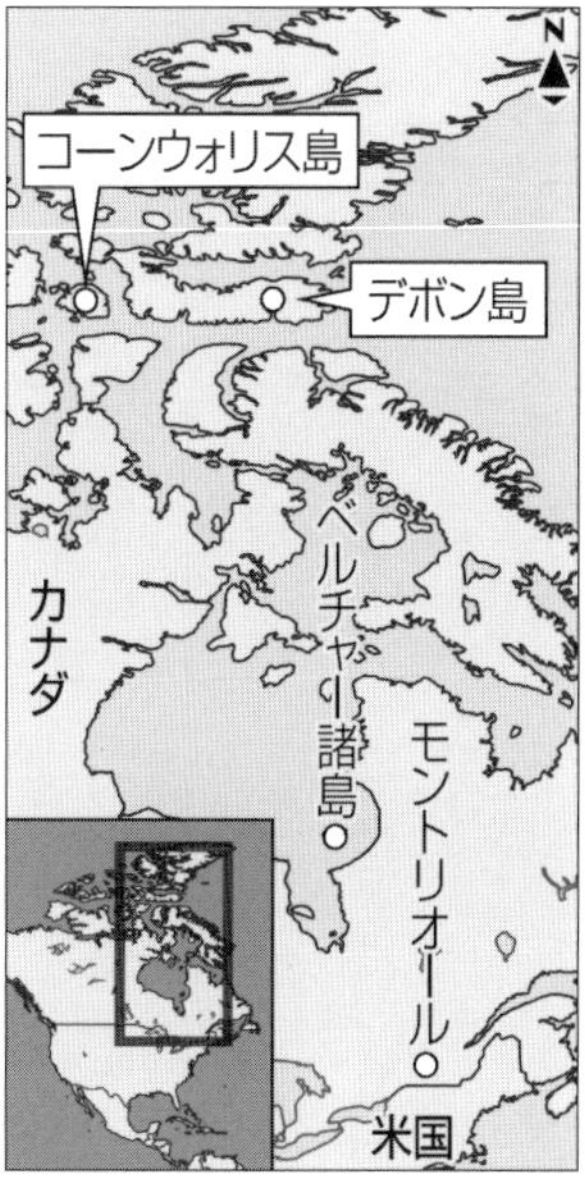

一行が着陸した時には一帯が春の大吹雪に包まれていた。この島からデボン島へ行くには、スキーを装備した小さな2人乗りの軽飛行機を利用するしかないが、吹雪の中では視界が確保できない。一刻も早く探検の地に向かいたい科学者たちのフラストレーションがたまっていった。

ようやくに嵐が収まり、軽飛行機での輸送が始まった時、科学者たちは「自分こそ先に」と隊長に訴え出た。しかし、隊長のスペンサーが最初に指名したのは、発電機やトラクターを扱う技師とニコルの二人だった。

「なぜ私たちでなく、科学者でもない若いニコルなのだ」と不満の声が上がった。スペンサー隊長はそんな科学者たちを落ち着いて見回し、こう答えた。

「先に行ってもらってもいいですよ。でも先発隊には、まずシャベルで雪をすくい、氷をたたき切るところから、始めてもらわなくてはいけません。それから小屋を建て、アンテナと倉庫も設営してもらいます。40ガロン(およそ150リットル)の燃料が入ったドラム缶も運んでもらわなくてはね。研究調査をしている暇はないでしょう。どうです、まずそうした仕事を若いニコルにしてもらい、暖かいベースキャンプを用意してもらった方がいいんじゃないですかね」

科学者たちは誰も反論できず、黙り込むしかなかった。スペンサー隊長に笑顔で応えたニコルは、科学者たちを背に進み出ると、機敏な身のこなしで軽飛行機に乗り込むのだった。

ニコルが軽飛行機から降り立ったデボン島は、まだ夏には遠い冷気の中にあった。頭皮がヒリヒリと痛む寒さだ。並みの人間だったら、すぐさま逃げ帰ってしまうだろう。しか

右から5人目が20歳のニコル。デボン島遠征隊で科学者らに交じり、持ち前の体力で存在感を発揮していく

し、冷え切った島の空気は、ニコルにとって心地よいものだった。イギリスでのつらい失恋の痛みも、叔父グウィンとの壮絶な対決が残した苦みも、体に染みわたる島の大気に拭い去られていくようだ。

それに、感傷に浸っている時間はなかった。北極の夏は短い。調査隊を迎えるベースキャンプ作りは時間との競争だ。ニコルと機械技師の二人は早速作業に取りかかった。

重い装備や物資は前の年の夏に砕氷船（さいひょうせん）で海岸に下ろしてあった。その木枠をこじ開け、説明書を広げては、プレハブの建物や設備を組み立てていく。そこに測候所や研究室、倉庫を定めて、発電機や無線機を備え付ける。

急ぎながらも、その作業は慎重にしなければならない。夏が近いとはいえ、目の前には氷河やアイスキャップ（山頂を覆う氷の塊）が至る所に見えている。この中で調査が行われるのだ。一つのミスが命取りになる。二人に休む暇はなかった。疲れ切って食べ物も喉を通らなくなるほどだった。

しかし、そのかいあって、強固なベースキャンプが姿を現してきた。それは20人の調査隊を十分収容できるものだった。作業が一段落して、ニコルの関心は、ようやく島の様子に向けられた。

山の峰々を覆う万年氷雪には、いくつかの氷河が形作られている。険しい渓谷の間を浸食して、ゆっくりと海に向かうのだ。夏の盛りになれば、海に押し出された氷山が、青みを帯びた荘厳な氷の塔となって浮かぶ。しかし、まだ夏に届かぬ今は、海は厚さ2メートルの氷に閉ざされ、氷河の動きを止めている。

フィヨルドを形作る海岸には、狭い平地もあり、そこには湖が点在する。生き物は豊富だ。湖で釣り糸を垂らせば、イワナの類いが釣り針を初めて見るかのように食らい付いてくる。海面にはアザラシが顔を出し、水中ではイルカやセイウチが泳ぎ回っている。時にはセミクジラがその中を抜けていくこともある。

陸には長い毛で覆われたジャコウウシの群れもいれば、キツネやオオカミ、野ウサギも至る所で見られる。鳥の種類は数え切れず、そのさえずりの中をシロクマがゆっくりと歩を進めていく。生き物たちの活気が北極の短い夏を呼び込んでいた。

太陽が空と地平を巡る時間が日ごとに長くなっていく。白夜となり、たそがれと闇の時間が完全に姿を消すのも間近となった。ベースキャンプの設営を待ちかねていた科学者とその助手たちが、次々と軽飛行機で降り立ってきた。

息ぴったり、考古学者と調査

科学者とその助手たちは、ニコルと機械技師が設置したベースキャンプで荷物を整理する間ももどかしく、慌ただしく調査地へと散っていった。ところがイギリスから来た考古学者ゴードン・ロウザーには、同行する助手がまだ付いていなかった。彼の大学の研究室から学生たちがこの地へ来るのは、1カ月後に大学が夏休みに入ってからのことだ。

「誰か連れて行きたい者はいるか？」。スペンサー隊長の問い掛けに、ゴードンは意味ありげな笑みを浮かべて答えた。「僕の希望は、まず雄牛のような力がある男です。岩のサンプルをどっさりと担いでもらわなくちゃならないから。北極に慣れていて危険に対応でき、のんきで我慢強いことも大切かな」

「なんだ、ニコルのことじゃないか」。スペンサー隊長が笑って応じると、ゴードンは隊長の言葉にうなずき、ニコルに向けた笑顔の片目を閉じてみせた。

こうしてニコルは、ゴードンに付いて1カ月間の調査に出ることになった。

ゴードンは40代後半で、アメリカ先住民風の長い雪靴を履き、岩くずの多い斜面を歩んでは調査を進めていく。

島の北側の海岸に沿って、険しい谷や高い丘を幾つ越えたことだろう。時に調査はアイスキャップ（山

植物を採取するニコル。21歳の頃

頂を覆う氷の塊）のへりにまで及び、危険なロッククライミングとなることもあった。

ゴードンのこつこつと調査を積み重ねる姿は、ニコルに研究者の在り方を無言で教えてくれた。ニコルは調査を助けるために、危険な崖にもよじ登り、リュックいっぱいの岩石を、へとへとになってテントに運んだ。ゴードンはそんなニコルに感謝して、調査の方法や研究の魅力を夜のテントで教えてくれた。二人の息はぴったりだった。

ゴードンによって調査の面白さを知ったニコルは、自分でも化石探しをするようになっ

た。三葉虫の姿がくっきりと残る化石を見つけた時は、声を上げて両手に掲げ、ゴードンの元へ駆け寄った。かつてはこの土地も、奇妙な生き物のうごめく暖かな海で覆われていたのだ。

ゴードンとニコルの最初の調査は、大きな成果を上げて終了した。いつも危険と隣り合わせだったが、事故に遭うことも、けがをすることもなかった。

しかし島の調査にも慣れてきたと思われた時、最大の危機が待ち受けていた。

軽飛行機でベースキャンプに戻った二人は、岩石の詰まった荷物を下ろし、次の調査地へと向かうことになった。ゴードンを先に調査地へ送ったパイロットは、次にニコルと荷物を送るためにベースキャンプへ戻った。ところがエンジンがうまく始動しない。運転席から外に出たパイロットがプロペラを力任せに回すと、いきなりエンジンが大きな音を立てて始動した。

目覚めた熊のように機体を震わせた軽飛行機は、そのまま滑走路を進み始めてしまった。後部座席には、荷物に挟まれ身動きもままならないニコルが一人残されていた。

動きだした軽飛行機は、車輪の代わりにスキーを装備した機なので、ブレーキがない。エンジン出力を調整するスロットルは、最大限に開かれたままだ。前に傾いてスピードを上げた機体は、やがて滑走路から跳躍を始めた。このままでは、空中高く飛び上がり、コントロールが利かずに地面に激突するだろう。

ニコルに軽飛行機を運転する技術はない。あったとしても、後部座席に荷物と共に押し込まれていては、狭い機内を移動することはできない。心臓が波打ち、カッと熱くなった体に汗が噴き出した。しかし、ニコルにはプロレスやけんかで、修羅場をくぐり抜けてきた経験がある。体がとっさに動いていた。

自由になる右腕を伸ばし、後ろのリュックに突っ込んである斧をつかむと、リュックを切り裂く怪力で、前に引きずり出したのだ。その斧を操縦席に突き出すと、スロットルにうまく引っかかり、グイと引き戻すことができた。

やがてスピードを緩め、おとなしく滑走路に張り付いた軽飛行機にパイロットが乗り込んできた。「うまくやったな、ニコル」。そう言われて初めて恐怖感に包まれたニコルは、重い斧を握り締めたまま震え続けるのだった。

この武勇談は、退屈なベースキャンプでの格好の話題となった。コーヒーカップを手にした隊員たちは、ニコルの顔を見れば「パイロット！」と声を掛けるのだった。

それはまた、ひと癖ある隊員たちが、若いニコルの存在に、これまで以上に親しみを持ったことの表れだった。事実、ゴードンとの調査を終えたニコルは、世界各国から集まってきた科学者たちに誘われて、その調査を手伝うことで忙しくなった。

科学者たちのそばにいて、ニコルは専門家の調査方法や研究の先端を目の当たりにした。既成観念にとらわれずに真実の究明に突き進む彼らの姿は、ニコルの心も熱くしてくれた。20歳の若者にしてはぜいたく過ぎるこうした体験と交流は、後のニコルの進む道を大きく開いていくことになるのだ。

危険な訪問者

デボン島に秋が来た。極地特有のたそがれと闇の時間がすぐそこまで迫っている。科学者たちは、軽飛行機に乗って次々と島を去っていった。しかし、ニコルの姿はまだ島にあった。越冬隊の一員となって、この島で冬を越す任務に就いたのだ。隊長のスペンサーと3人の科学者、それにニコルを合わせた5人が冬のベースキャンプで翌年の春まで過ごすことになる。

真冬は島の気温が氷点下40度にまで下がる。室内の柱には、隊員の吐く息や調理の湯気が水滴となってまとわり付き、寝ている間に氷の層となって厚さを増していく。強い体と精神を持った者でないと、この環境では生き残れない。

5人での生活が始まった。厳寒の無人島で過ごす冬は、それだけでも命の危険と隣り合わせだが、ニコルはさらなる恐怖の場に直面することになるのだった。

越冬する5人の生活の場となるのは、丸い木のフレームに防水カバーを縛り付けた簡単な作りの小屋だ。そこでは当然ルールが必要となる。パンの作り方やトイレの使い方、道具の置き方やごみの捨て方まで、日を重ねるに従ってルールは整い、定着する。個性豊かな5人は、デボン島の冬の厳しさに押し込まれるように、小屋の共同生活を続けていた。

島は一日中太陽が顔を見せない闇の季節に入った。それでも越冬隊員の調査は続く。月の光を頼りに旅をして、夏の調査隊から託された計器を見て回るのだ。

こうした生活が2カ月も過ぎると、お互いの良さや癖も分かり、言葉で言わなくてもお互いの気持ちが通じるようになる。家族のような親近感だが、それが煩わしいこともある。ニコルにとって、プライバシーは大切だった。

ニコルは良い方法を見つけた。小屋の外にイグルー（氷雪のドーム）を造るのだ。先住民イヌイットはイグルーで暮らした歴史がある。ありがたいことに、交流のあるイヌイットが越冬隊を訪ねて来た時に、イグルーの造り方を聞くことができた。三つのイグルーが小屋の外に造られ、ニコルを含めた3人の隊員がそこを個室として暮らすようになった。

一日の仕事を終えて小屋に集まると、5人で食事をしておしゃべりをする。それに疲れると、ニコルは自分のイグルーに戻る。

雪の塊を積み上げてイグルーを造るイヌイット。21歳の頃のニコルが撮った

ランプに照らし出された氷雪の壁はキラキラと輝き、外の音を断って静寂で包んでくれる。コンロに置いたポットがコトコトと音を立てると、湯をカップに注いでココアを溶かす。本を読み、日記を付け、もの思いにふけり、時には歌い、叫び、そうして眠りに落ちるのだ。

こうして月日が過ぎて、越冬隊はクリスマスを迎えた。クリスマスはみんなで祝おうと、小屋にはささやかなごちそうが並べられた。にぎやかな夜も深まり、そのまま5人は小屋でそろって眠りに就いていた。

その時、小屋の戸を乱暴にひっかくガリガリという音が響いた。サンタクロースはこんなふうに訪ねては来ない。

スペンサー隊長がライフルに手を伸ばした。しかし、その扱いに慣れていない隊長は、弾倉を逆にして入れようと手間取っている。

ニコルはウイスキーの酔いが残っていたものの、何をするべきかは分かっていた。隊長の手から受け取ったライフルに弾倉を入れると、頑丈なブーツで小屋の戸を蹴り開けた。

そこには体長2メートルはあるかと思われる北極の王者シロクマの姿があった。小屋から漏れる食べ物の匂いに釣られて、やって来たのだ。もう1頭、やや小ぶりのシロクマも後ろに見えている。シロクマは肉食だ。飢えた親子とあっては、なお危険だ。

ニコルは目の前のシロクマの心臓に向けてライフルを構えた。ニコルが放った銃声は、しんと静まっていた氷の山々に響き渡った。シロクマの大きな体が崩れ落ちると、その後ろからもう1頭のシロクマがニコルを襲った。1発、2発と撃っても、シロクマは倒れない。3発目を撃ち込んだ時、シロクマは「ウオーッ」とうなり声を上げ、ようやく向きを変えると闇の中へと去った。

2頭のシロクマは親子だった。母熊は心臓への1発で倒れ、3発の銃弾を浴びた子熊は、小屋から30メートルほど離れた所で息絶えていた。

本来シロクマは、保護獣で射殺も捕獲も禁止されている。越冬隊からの連絡を受けた警察が島へ検分に来たが、説明を受けて護身のためのやむを得ない射殺として扱われた。警察官は先住民イヌイットだったから、親子のシロクマと人間がかち合ってしまった時の危険をよく知っていたのだ。

2頭の解体処理を任せられたのはニコルだった。他の隊員にはその経験がなかった。ニコルはイヌイットと共にアザラシを解体したことがあった。

シロクマの襲撃から解放され、気が大きくなった他の隊員たちは「ニコルは3発も撃ってようやく子熊を倒した」「下手だね。おれがライフルを手にしていたら…」と勝手なことを言っている。

解体を終えたニコルは、2頭の心臓を隊員たちの前にドサッと置いた。母熊への1発は骨に当たった後、心臓に大きな穴を開けていた。子熊の心臓にも2発が入り、3発目は大きな動脈を撃ち抜いていた。

「(威力の落ちている)軍の古い銃弾でなければ、最初の1発で仕留めていたんだ」

ニコルの言葉にスペンサー隊長は、ばつの悪そうな顔をした。銃弾にかける金をけちったのは隊長だった。

隊員たちは、ニコルがシロクマの肝臓を捨てたことにも文句を言った。

「うまい所なのに何で捨てちまうんだ」「もったいない。若いから知らないんだろう」

しかしニコルはイヌイットから聞いて、シロクマの肝臓は人間に毒だと知っていた。ビタミンAが多過ぎて、人間が食べれば苦しみながら死んでしまう。

ニコルは、人間はもちろん、島へやって来るソリの犬も食べないように、肝臓を氷の割れ目に放り込んでしまった。これもイヌイットから聞いた始末の方法だ。

ニコルの説明を聞いても半信半疑だった隊員たちが納得したのは、後日、隊長の報告を受けた北アメリカ北極協会から「食べていたらみんな死んでいた」との返信を受けてからだった。

シロクマの肉は、越冬隊の貴重な食料となり、皮は業者に運ばれ、きれいになめされた。警察の配慮で、ニコルはその皮を100ドルで買い戻すことができた。

「人は殺した動物の魂を一生背負っていくのだ」。イヌイットの教えはニコルの心に生きていた。

年が明け、デボン島の春がゆっくりとやってきた。住み心地の良かったイグルーが解けだし、夏の調査に向かう科学者たちが戻ってきた。ニコルにとっては、4度目の北極の春だった。

第六章　初めての日本と武道修行

夢の格闘技修行に道

夏を迎えた基地に再び科学者たちが戻り、2年目の調査が始まった。前の年にカナダ・デボン島の地形や気候を頭に入れていた調査隊員たちは、気心の知れた仲間と手際よく取り組んだ。こうした調査に付き物の大きな事故は、一度もなかった。

夏は瞬く間に過ぎ、北極はまた長い冬の入り口に差し掛かっていた。科学者たちは、調査の成果を運べる限りの荷物にまとめ、苦楽を共にした仲間との別れを惜しみながら、それぞれの国へと帰って行った。

この地で22歳となったニコルも、1962年9月には最後に残った越冬隊員4人と共にベースキャンプの整理と戸締まりを終えた。去りがたい思いはあったが、久しぶりとなる街の明かりへの期待が勝っていた。

まとめた荷物に並んで腰を下ろした5人は、灰色がかった水平線からヘリコプターが現れるのを待っていた。夏の間に海へ流れ出た氷山を越えて、ヘリコプターはカナダ沿岸警備隊の砕氷船(さいひょうせん)へと運んでくれる。コーンウォリス島の停泊地レゾリュートには、冷えたビールと温かいシャワーが待っているはずだ。

しかしニコルには水平線の向こうにもう一つの夢が見えていた。

日本へ行くのだ。少年時代から憧れてきた柔道と空手を、本場で修行するのだ。そのための準備はできていた。

　イギリスのチェルトナムに住んでいた頃、グラマースクールの同級生の兄と知り合いになっていた。クラウス・ナウマンというドイツ人だった。彼は世界中を旅していた。ニコルは自分もいつかは日本へ行き、格闘技を学びたいと彼に話したことがある。

　そうして、この北極探検の前に、クラウスの実家へ手紙を出したのだ。「今どこにいますか？　僕は北極へ行った後、日本へ行きたいと思っています」と。

　手紙は彼の実家からクラウスへ転送され、その返事が、北極へ発つ直前にニコルの元へ届いていた。なんと手紙の発送地は東京だった。クラウスは東京で空手道場に通っていたのだ。

　モントリオールの北米北極研究所に戻った後は、クラウスを頼って日本へ行くことになっている。1年と6カ月、調査隊の一員として働いたニコルには、6千ドルという大金が支払われることになっている。当時は1ドルが360円だった。200万円を超える大金は、ニコルの日本行きと格闘技の修行を十分に支えてくれるはずだ。

　レゾリュートから乗り込んだ飛行機は、北極の景色を離れ、紅葉の色鮮やかなモントリオールの街へと5人を運んだ。彼らを待ち受けていたのは1週間にも及ぶ歓迎パーティーだった。バー、レストラン、研究所の職員の家と、絶えることなく酒宴は続いた。

さすがのニコルもその酒とにぎやかさに疲れてきた。日本行きの日は迫るのに、準備は進まない。そんなニコルを心配して、声を掛けてくれたのが、研究所の所長マイク・マースデン教授だった。

小泉八雲の世界に胸が高鳴る

マースデン教授は「ところで、いつ日本へ発つんだい？」と、ニコルに尋ねた。「来週の火曜です」。ニコルが答えると、教授は「じゃあ、それまでは私の家に泊まるといい。そうすれば、パーティーからも遠ざかり、日本行きの準備にも取り掛かれるだろう」と誘ってくれた。

その日の夕方、教授に連れられて、ニコルは郊外にある家を訪ねた。教授の妻と3人の子どもたちが歓迎してくれた。久しぶりの家庭的な夜だった。

食事を終えると、教授は「日本へ行くなら、この作家のことを知っておくといいよ」と本棚から2、3冊の本を引き出して渡してくれた。

ラフカディオ・ハーン（小泉八雲、1850～1904年）の本だった。ニコルは用意された寝室に入ると、ごろんと横になり、その1冊を手に取った。

ハーンはギリシャ生まれの作家である。1890年にアメリカの出版社の通信員として来日した後、英語教師として教壇に立つようになった。翌年、小泉セツと結婚した。96年に日本の国籍を取得して、小泉八雲と改名した。日本の英語教育に力を尽くし、欧米に日本文化を紹介する著書を数多く残している。

日本では「雨月物語」「今昔物語」などに題材を取った再話文学で知られている。ハーンの名を知らなくても「耳なし芳一」を書いた作家だと聞けば、「その話なら知っている」という人も多いのではないだろうか。

ハーンが描き出す日本の商店や寺院、幽霊や自然についての細やかな記述は、ニコルの好奇心を駆り立てた。自分は、今まさにこの国へ旅立とうとしているのだ。

ハーンの文章には、日本への愛情が込められている。優しさ、正直な心、忠誠心、そうした心を持つ日本人と、もうすぐ自分も会えるのだ。本を置いてベッドへ入っても、胸の高鳴るニコルは、なかなか眠りに就くことができなかった。


１９６２年10月、ニコルはついに日本の地に立った。とはいっても、頼りにしたのは、同級生の兄で、日本にいるクラウス・ナウマンたった1人だけなのだ。そのクラウスでさえ、広い東京の中で捜し出さなければ会えない。取りあえず飛行機の中で客室乗務員にいくつかホテルの名前は聞いておいた。22歳の冒険心がなければできない旅だ。

羽田空港に着くと、ポーターが出口まで案内し、タクシーを止めてくれた。実は荷物が詰まったナップザックも運んでくれようとしたのだが、重過ぎて彼の手では持ち上がらなかった。何しろ税関で追加料金１００ドルを取られたほどの重さだ。そのほとんどは、旅に必要なのか分からないノートや北極の資料類なのだが。

タクシーの運転手は、客室乗務員から聞いてメモしておいたホテルを回ってくれた。しかし、どこも満室だった。そのたびに肩を落としてホテルを出てくるニコルを、運転手はじっと待っていてくれた。そうして、ついに見かねた運転手が、銀座の歌舞伎座の裏にある小さな日本旅館に案内してくれた。

日本に来たばかりのこの外国人をなんとか泊めてほしいと、旅館のおかみを拝み倒してくれたのも、この運転手だった。それでいて、運転手はニコルが差し出すチップを受け取ろうとしなかった。

「日本ではチップはいらないんです」。驚くニコルを残して、運転手は笑顔でタクシーに戻っていった。

客室に案内されたニコルは、荷物を置いて腰を下ろすと、少し湿気を帯びた畳に手をついてみた。ハーンの描いた日本の文化が伝わる気がして、体が震えた。自分は、ついに日本へ来たのだ。

和風家屋と武者修行の始まり

ニコルが日本へ発つ前、イギリスの父からカナダへ手紙が届いていた。

「日本は礼儀を重んじる国だ。作法が分からなければ、周りを見てまねをすればいい」

父はイギリス海軍の軍人だったから、日本にも寄港したことがあり、その文化を直に体験していたのだ。そのことを思い出したのは、旅館での朝食の時だった。

広めの和室に泊まり客がそろって取る朝食が用意されていた。客の多くが、もうスーツに着替えたビジネスマンだった。それぞれの前に、ご飯やみそ汁を載せたお膳が置かれている。ニコルの前には、ベーコンとパンだ。外国人のニコルに、旅館のおかみが気を使ってくれたのだ。

スーツ姿の男たちが黙々と食事をする部屋は、ニコルにとって居心地の悪いものだった。その上、男たちは箸で食べ物を口に運びながら、時々その箸をくるくると空中で回すのだ。

これが日本の食事作法なのだろうか。ニコルは左手でベーコンにフォークを突き刺し、ナイフをつかんだ右手を持ち上げて回してみた。「分からなければ、まねをすればいい」。父の教えに従ったのだ。

男たちは、おかしな動作をするニコルをちらっと見たが、笑うこともなく、またせわしなく食事に戻るのだった。

男たちが食べていたのは納豆だった。箸を回すのは、もちろん納豆の糸を切るためだ。ニコルがそのことを知ったのは、もう少し日本の食事に慣れてからのことになる。

幸運なことに、ニコルが初めての日本で唯一の知人として頼りにしていたドイツ人のクラウス・ナウマンとは、来日2日目に会うことができた。彼は世田谷の貸間で、友人と2人で共同生活をしていた。クラウスは「しばらくはここに泊まって貸間を探せばいいよ」と言ってくれた。しかし、当時の日本では、外国人の若い男に部屋を貸してくれるところはなかなか見つからない。

結局ニコルが落ち着いたのは、講道館の宿泊所だった。講道館は柔道の総本山で、ニコルが日本での柔道修行の場と決めていた所だ。イギリスのＹＭＣＡ柔道クラブ時代に初めて出会った日本の柔道家、小泉軍治も修行した講道館の門下生となったのだ。その上、宿泊所に入ることを許されて、日本での宿を見つけることもできた。

講道館での柔道修行が始まった。東京は2年後（１９６４年）のオリンピック開催を控えて活気があった。柔道は日本のお家芸とあって、日に日に練習に熱が入っていた。

大柄な外国人であるニコルは、黒帯を持つ日本人の柔道家たちにとって、格好の練習相手となった。しかし、レスリングの技を持ち、北極で心身を鍛えたニコルも負けていな

来日して空手を習い始めた22歳のニコル（左）。友人と共に

かった。簡単には倒されない。時には黒帯の相手を力でねじ伏せることもあった。

　そんなニコルを見ていた一人の西洋人が声を掛けてきた。「相手を負かしたかもしれないが、君は何も知らないんだよ」。アメリカ人の大男ダン・ドレイガーだった。ダンは既に6段の資格を得ている講道館の先輩だった。「今基本を身に付けないと、一生悪い癖が取れなくなるよ」と忠告してくれたのだ。

　ニコルは受け身を繰り返す基本の練習に戻った。そんなニコルを見ていて、ダンは「私と仲間たちが借りている一軒家へ越してこないかい」と誘ってくれた。日本へ武道の修行に来た外国人が共同生活している場だった。

実は来日してから数カ月を経ても、ニコルは日本の人々の中へ入っていけず、孤独感を深めていた。言葉や生活習慣の違いが、想像以上に大きな障壁となっていたのだ。

講道館の宿泊所はありがたかったが、後楽園の娯楽場を見下ろすその部屋には、けたたましい音楽とゲーム機の騒音が夜遅くまで入り込んできた。それは思い描いていた日本の風景ではなかった。そんなニコルに、ダンの誘いはありがたかった。

彼が住む一軒家は、市ケ谷にあった。明治時代に建てられたもので、講道館の宿泊所にはなかった畳の部屋や障子、日本の風景がそこにはあった。

ニコルを迎えたダンは、丹前に着替えて茶をたててくれた。ニコルが憧れていた和式の生活の始まりだった。あてがわれた10畳間に、まず座卓と布団を持ち込んだ。ダンと同じ丹前も用意して着込むと、ニコルはすっかり落ち着いて煎茶をすすってみるのだった。

当時の市ケ谷に、都市の喧噪(けんそう)はまだ押し寄せていなかった。駅前の通りには、野菜や魚をぎっしりと並べる小さな店が連なっていた。店主たちと顔なじみとなったニコルは、朝晩のあいさつを交わすようになっていた。

生活が落ち着いたニコルは、柔道とともに日本で修行しようと考えていた空手の道場の門をくぐることにした。

空手道の精神　目の当たりに

ニコルが空手の修行の場として選んだのは、四谷にある松濤館だった。大正時代に沖縄からこの武芸を本土に伝えたのが、松濤館の祖師・船越義珍である。

東京にいくつもある空手の道場を訪ねた末にニコルが松濤館を選んだのは、自由な空気を感じたからだ。武芸の道場はとかく1人の師を神のようにあがめがちだ。ところが松濤館には師と呼ばれる高段者が何人かいる。彼らの間に上下はなく、門弟を複数の目で育てる。門弟たちにもそんな空気は伝わり、伸び伸びと練習に打ち込んでいるように見えた。

入門した四谷道場の代表は中山正敏だった。中山の祖先は信州ゆかりの真田一族で、代々剣道の師範も務めていたという。技の切れ味は鋭く、ニコルが思い切り突き出した拳は軽く封じられ、反対にニコルの急所に中山の拳が止まっているのだった。

その中山とニコルが四谷の駅で電車を待っていた時、通り掛かった男がわざと中山にぶつかり「外国人なんかとしゃべりやがって」とつっかかってきたことがある。

ニコルはカッとなって手を上げそうになったが、中山はにこやかに頭を下げて「失礼」と身を避けたのだ。男は気をそがれたように「ふんっ」と鼻を鳴らして去って行った。

空手の目的は相手を打ちのめすことではない。究極の目的は修行者の人格の完成である。中山が行動をもって教えてくれた空手道の精神を、その光景とともにニコルは生涯忘れることはなかった。

修行を始めて2カ月が過ぎた頃、道場の青年たちに「ニコルを山へ連れて行ってくれないか」と言ってくれたのも中山だった。都会の雑踏と汚れた空気の中で、一日8時間、柔道と空手の修行を続けてきたニコルは、疲れを隠せず沈んだ表情を見せるようになっていたのだ。

正月明け、道場の青年たちがニコルを連れて行ってくれたのは、北信濃にある原生林だった。「山は雪で覆われているけれど、ニコルは大丈夫か」と心配する青年たちに「私は3回、北極探検に参加しました。少々の雪なら平気です」と答えたニコルだったが、膝まで埋まる日本の雪にはびっくりした。

さらに驚いたのは、樹木の種類の多さだ。欧州や北米の山には、トウヒや糸杉のような針葉樹がほとんどだ。ところが、日本の山にはブナやナラ、カエデ、ヤマザクラなどたくさんの種類の木があるのだ。

日が暮れると、一行は川岸に厚く積もった雪に横穴を掘って野営の宿とした。ろうそくをともした雪穴の中は、柔らかな光が広がり、北極のイグルー（氷雪のドーム）のようだった。青年たちが寝入った雪穴の中で、ニコルは体と心が癒やされていくのを感じた。幼い時、祖母マリーが教えてくれた森の力が、日本にはこんなにもあるのだ。

この最初の山登り以来、ニコルは道場の休みが続く時は、東京の喧噪を離れ、山に登るか小さな島へ渡って過ごすようになった。

空手の道着姿で友人と写真に納まる。修練の傍ら、日本の自然にも心をひかれていく

日本語覚え、国際結婚

笑顔を取り戻したニコルは、日本語を習いだした。言葉が通じるようになると、日本の友だちもできてきた。そうして、恋人とも出会ったのだ。

年上で、ニコルをよく理解してくれた。ニコルは、そんな彼女を親しみを込めて「ソナ」と呼んだ。週3回はデートしていたが、二人並んで街を歩いていると「外国人なんかといちゃいちゃしやがって」と冷やかす男たちもいた。ニコルはすぐカッとなるのだが、「あれは犬がほえているのと同じよ。放っておきましょう」と、彼女は涼しい顔でニコルをなだめるのだった。

その頃ニコルは、柔道をやめ、修行は空手一本に絞っていた。空手の師から「二兎を追う者は一兎をも得ずだよ。どちらかに決めなさい」と言われたのだ。

二つの武芸の上達が止まっているのは、ニコルも感じていた。休むことのない練習で、体に生傷が絶えず、治りも悪くなっていた。

どちらかを選ばなくてはならない。柔道は好きだったが、ニコルの柔道はレスリングの技が入り込んでいて、なかなか抜け切らない。ゼロから始めた空手なら、基本に忠実な形を身に付けることができる。それに、大切な恋人を安心させられる人格の成長も望めると考えたのだ。

1963年6月、23歳のニコルは結婚を決意した。彼女の父親は、終戦時にソ連軍の捕虜となり亡くなっている。母親はまだ日本では珍しかった娘の国際結婚を受け入れてくれた。父を亡くし、戦後の混乱を女性だけの家族で生き抜いてきた母と娘には、世の慣習など気にしないたくましさがあったのだ。

婚姻届を出した2週間後、ニコルはカナダへ一人旅立った。ツーリスト・ビザは既に4回更新していて、これ以上延長できなかった。北極の調査で得た金も尽きていた。そんな時にカナダ政府漁業調査局から、グレートベア湖の調査助手として採用するとの通知が届いたのだ。

北極へもう一度行きたいというのは、ニコルの夢だった。敬愛する先住民イヌイットの人たちと、一緒に働くこともできるかもしれない。そこで、日本へ来てから間もなく、カナダ政府の漁業調査局の遠征に志願しておいたのだ。調査局にはデボン島で知り合いとなった科学者もいた。

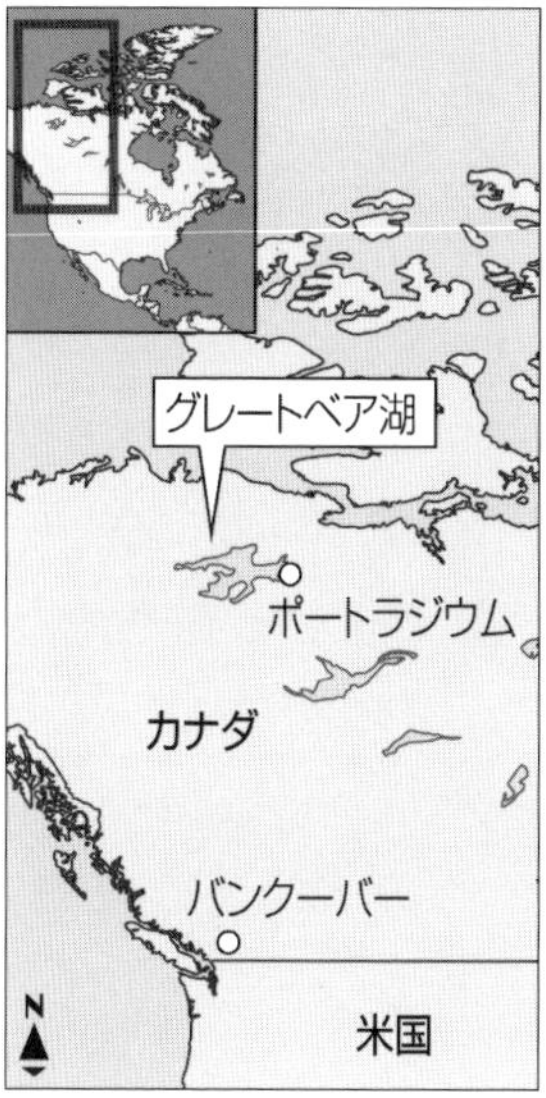

採用の通知が届いたのは、空手を習

い始めたばかりの時だったが、事情を話すと師匠や仲間はカナダへ行くことを勧めてくれた。ニコルの夢をよく理解していた妻も、賛成してくれた。夏の調査が終わったら彼女をカナダへ呼び、秋には日本へ帰って結婚式を挙げるつもりだった。

美しい湖にひそむ悲劇を知る

カナダでの調査は順調に進んだ。グレートベア湖はカナダ北西部に位置する北米大陸4番目の大きな湖だ。琵琶湖の50倍近い。北極圏に近い環境の厳しさから、未知の部分がたくさん残されている。この広大な湖を夏の間に船で回り、測量や生物の採集、水質の検査までやろうという大掛かりなものだった。

グレートベア湖の調査隊は、ニコルと、イギリスから来た湖沼学者のライオネル・ジョンソン（通称ジム）、それに19歳の学生を加えた3人だった。調査の隊員は少ないが、カナダ政府はコックも含めて4人の乗組員で運航する調査船を用意してくれていた。いったん船で広い湖面に出れば、何日も上陸せずに航行することもあるのだ。

湖は水深400メートルになる所もあり、ひもにつるして湖水に下ろした目印は、30メートルの深さまで確認できるという透明度だ。おびただしい数のマスやニシンに似た魚がいて、中には重さ18キロの大物もいた。

調査隊のボスとなったジムは、第2次世界大戦で海軍の奇襲部隊として活躍している。船上の生活は慣れたものだった。ニコルも12歳の時からシー・カデット（海洋少年団）に入り、訓練を受けている。二人が故郷を語り北極の魅力を語る中で、親しくなるのに時間はかからなかった。青く澄んだ湖はどこまでも広く、空には巻雲が筋を引いている。平和な風景だった。

ニコルたちが夏の北極の調査で使った船

しかし、ニコルはこの地でショッキングな事実を知った。湖のほとりポートラジウムの地にはウラン鉱があった。第2次大戦中、この地から掘り出されたウランがアメリカへ運ばれ、後に広島・長崎へ投下される原子爆弾の開発実験にも使われたというのだ。

ウラン鉱の採掘作業をしたのは、先住民イヌイットの人たちだった。彼らには、ウランの危険性は知らされていなかった。マスクを着けただけの格好で、ウランを大きな袋に入れて運んだのだ。作業員たちは後年、非常に高い確率でがんを発病したという。

当時の管理者からは、この事実を決して話してはいけないと口止めされたという。イヌイットの人たちは、話しはしなかったが、この事実を歌に残して伝えたのだ。

穏やかなこの湖と美しい日本の地が、こんな悲劇でつながっているとは。ニコルはこの事実を日本の人たちにも知らせなければと考えた。

ジムとウラン鉱の話をしていた時、「どうだい、湖の東側一帯を国立公園にするのは」とジムが切り出した。ジムは、今は湖にたくさんいる巨大魚が、近い将来、国内外から押し寄せる釣り師によって採り尽くされるのを心配していたのだ。

長い年月を生き抜いた魚たちだ。いったん採り尽くされれば、湖に巨大魚が戻るにはまた何年もかかる。それも、しっかりとした保護がなされてのことだ。

「そこに記念碑を建てるんだね」。ニコルはジムの考えがすぐに分かった。国立公園になれば、魚も生物も保護される。そしてその機会に、ウラン採掘で被ばくした現地のイヌイットと、日本の原爆犠牲者の慰霊碑を建てるのだ。

ニコルとジムは、グレートベア湖の一部を国立公園とする構想をまとめて関係機関へ送った。ニコルはまた、第2次大戦中に湖のほとりで掘り出されたウランが後に広島・長崎へ投下される原子爆弾の開発実験に使われたという話を、日本に戻ってからある全国紙に伝えたのだが、記事になることはなかった。国立公園の話も計画されることなく消えてしまった。

翌年の東京オリンピックの開催を戦後からの復活の証しとしたい日本と、観光の地を悲劇の源としたくないカナダにとって、グレートベア湖のウラン鉱は、歴史の中に眠らせておきたいものなのだろう。ニコルにはそれ以上なすすべがなかった。

生涯の友との出会い

調査を終えたニコルは、学生ビザを取得して妻が待つ日本へ戻った。調査で得た収入と新しいビザで、空手の修行をやり遂げるのだ。

ニコルは東村山市（東京）の秋津に住むことになった。家を買い求めた妻の母親が「一緒に住んだらどう？」と誘ってくれたのだ。

秋津は当時、野原や林の合間に家々が点在するのどかな里だった。四谷の空手道場へ通うには往復3時間を要したが、ニコルにとっては読書や日本語の勉強をする良い時間となった。

そう、ニコルは空手とともに日本語の習得にも本格的に取り組み始めたのだ。幼い頃から言語の違うウェールズとイングランドを行き来し、北極では先住民イヌイットの人たちとの交流もあったニコルは、お互いが理解し合うには言葉が大切なことを、身を持って知っていた。そのために、日本語学校の午後のクラスにも通い始めた。夜は収入の道として、二つの英会話学校の講師を務めた。オリンピックを前にして英会話熱が高まっていた。

ニコルに生きた日本語を教えてくれたのは、もちろん家族であるが、秋津の雑木林の中で出会った子どもたちから学んだことも多かった。林の中で空手の稽古をするニコルは、木々をかいくぐって遊び回る子どもたちと、すぐに友達となった。

ウェールズでは聞いたことのない鳴き声の主がセミであることを教えてくれたのは、子どもたちだった。巧みにとらえたマムシの皮をはぎ、丸焼きにしてくれたのも子どもたちだった。

子どもたちは、ニコルの日本語にも遠慮のない駄目出しをした。

「『食べさせてもらってよろしいでしょうか』なんて面倒臭い言い方はしないよ。『食べていい?』って言いなよ」。子どもたちにとって、ニコルは体の大きな友達だったのだ。

秋津での生活は、ニコルを昭和の古き良き日本に浸らせてくれた。妻と連れだっての散歩姿を、国際結婚の珍しいカップルと見る目は、最初のうちだけだった。顔見知りとなった商店街の店主たちとはあいさつを交わし、畑で働く農家のおじさんとは立ち話をして、採れたての野菜を分けてもらうまでになっていた。

外国人の知人といえば、フランス人の宣教師1人しかいないこの地で、ニコルは日本の生活になじんでいった。


秋津では、生涯にわたって忘れられない友人もできた。

1人は池田宗弘という同年代の若者だ。彼は秋津の駅から自宅へと歩くニコルに声を掛けてきた。「あなたは武道に興味をお持ちですか」。ニコルが背に掛けてつるしている空手着に目がいったのだろう。

「剣道はしませんか」。池田の誘いを受けて、ニコルは近くにある彼の草ぶき屋根の大きな家を訪ねた。彼の家でニコルは久しぶりに日本刀を見た。映画「七人の侍」を見た少年時代の興奮がよみがえった。ニコルは日曜に池田の家を訪ねて、剣道を教えてもらうようになった。

彼は金属の彫刻家だった。ニコルも分野は違え、小説を書きたい若者だった。武芸と芸術を愛する二人の親交は深まり、後に『りんごの花さく湖』という本を出すことになる。英文がニコル、絵が池田。英文を和訳したのは作家の五木寛之だ。

池田は彫刻家として数々の賞を受賞し、現在は長野県の東筑摩郡麻績(おみ)村に居を移して活躍を続けている。上水内郡信濃町の野尻湖畔にある教会には、ニコルが依頼して池田が制作したキリスト像が設置されている。

もう1人は、秋津にある「ベトレヘム聖家族ホーム」に入居している明治生まれの老人だった。彼は野鳥にカメラを向けているニコルに声を掛けてきた。

「どんな鳥をお撮りですか」。完璧な英語だった。

「私は仲省吾といいます」。その格調ある英語の話し方にニコルは魅了されて、彼の住む老人ホームを訪ねるようになった。

仲はそのホームにとっては特別な人なのか、離れの小さな一軒家を住まいとしていた。小さな家の庭にはコンクリートと石でできた高さ1メートルほどの日時計が置かれていた。日本に長くいたイギリスを代表する陶芸家バーナード・リーチが制作したものだ。

紅茶の香りが漂う中で、仲はロンドン滞在時の思い出を流暢な英語で語った。その一時、小さな家はイギリスの空気に包まれる。ニコルはいつしか、亡くなった祖父や祖母さえそこにいるような気がしてくるのだった。

ニコルと出会ってほどなく、仲は体調を崩し混濁した意識の中で、リーチの名を呼ぶようになった。大切な友に違いない。そんな時、ニコルは駅のホームで走り読みしたジャパンタイムズの記事で、リーチが来日中であることを知った。

公衆電話のボックスに飛び込んだニコルは、イギリス領事館から航空会社まで電話をかけ続け、ついにリーチにまでつなげた。リーチはニコルから仲の様子を知ると、予定をキャンセルして、旧友の元に駆け付けたのだった。

それから十数年を経た１９７９年、ニコルはこの時のことを『バーナード・リーチの日時計』として雑誌に発表している。

日本語がまだ十分身に付いていたとは言えないニコルが、秋津で出会った日本人とこれほどまでに親しくなり、忘れられない思い出を残していくのは、一つにはニコルの率直な人間性ゆえであり、もう一つは人々の間に残されていた、行きずりの出会いを生むゆとりだったろうか。

黒帯得て、再び冬のカナダへ

１９６４年11月、ニコルは空手の昇段試験に合格して、念願の黒帯を手にした。２００人の門弟が挑戦して合格者は80人だった。ニコルはイギリスでは2人目、ウェールズでは初めての空手黒帯所持者となった。

その年の大みそか、ニコルは妻の母が用意してくれた羽織はかまを身に着けて、近くの寺へ出掛けた。

「あなたもどうですか」と、寺の僧は鐘楼の鐘突きに誘ってくれた。ニコルは太い綱を握り、突き棒の揺れをしっかりと感じ取って、勢いよく鐘にぶつけた。

１０８の煩悩を打ち払うとされる除夜の鐘。だが、今のニコルに煩悩はなかった。年が明けると、ニコルは妻を伴ってカナダへ行くことになっている。連邦政府に勤め、北極生物研究所の技官として海中哺乳類の研究に従事するのだ。


翌年2月、ニコルは凍り付いたグレートベア湖の上にいた。一昨年夏の調査を共にした湖沼学者ライオネル・ジョンソン（通称ジム）と一緒だった。研究所の技官として最初の任務だった。

氷上に立っていると、時々ゴーッというジェット機のような音とともに厚い氷が揺れる。湖の底は0度でも、表面はマイナス40度にも下がる。その温度差で氷に割れ目が走るのだ。その氷の上を歩いて、所々に穴を開け、生物のサンプルを採るのがこの冬の任務だった。

氷上を歩いての調査は、夏の調査船での移動に比べれば大変だったが、気の合ったジムとの仕事は楽しく、気が付けば春を迎えていた。

氷が解け出し、湖の調査が終わると、ニコルはカナダ南東部のセントローレンス湾へ向かった。今度はハイイロアザラシの繁殖についての調査だった。ハイイロアザラシは通常、陸の上で繁殖するのだが、珍しいことにこの湾では氷の上で繁殖しているのだ。その実態を調査するのが任務だった。

新しい相棒は3回目の北極探検で冬を共に越した5人のうちの1人、ブライアン・ベックだった。あれから3年、ブライアンは34歳に、ニコルは25歳になっていた。越冬隊の中では年齢が近く、二人で作業することも多かったので一番心安い仲だった。

二人はヘリコプターでアザラシの群れの中に下ろしてもらうと、何頭かに標識を付けていく。ハイイロアザラシの体は大きい。雄は体長が3メートル前後、体重も300キロ近くになる。巨体がぶつかり合う群れの中を歩くのは、ちょっとしたスリルがあった。

研究のため6頭の成獣を捕ることが許可されていた。ブライアンもニコルも、ライフルの弾1発で大きな成獣を仕留めた。アザラシを不必要に苦しめることも、傷つけることもしたくはなかった。また、それだけの射撃の腕を二人とも持っていた。

5カ月に及ぶアザラシの調査を終えて研究所に戻ると、次の調査が待ち受けていた。捕鯨船に同行するのだ。鯨は海の王者と言ってよい。北極の海では、悠然と泳ぐその姿を何度か見ている。この鯨の調査をしたくて、ニコルは北極生物研究所の哺乳類を担当する部署に志願していたのだ。いよいよその時が来た。

「北極イワナ」を釣り上げたニコル

鯨捕りの腕、間近に

１９６６年６月、ニコルは日本の捕鯨船「第十七京丸」に乗り込むために、カナダの東海岸ニューファンドランド島の港にいた。肩には、船員へのあいさつ代わりの帆立て貝をぎっしりと入れた麻袋を担いでいる。ニコルなりに気を使っているのだ。

しかし、船の甲板からこちらを見ている日本人の船員たちは「急げよ」と無遠慮な声を掛けてくる。カナダ連邦政府の監視官のニコルが、日本語が分からないと決めてかかっているのだろう。

そんな船員たちの態度が変わったのは、手土産の帆立て貝の効果もあったが、ニコルが日本語を理解できると知ったからだ。「政府から送られてくるカナダ人なんて、どうせ船でウロウロと邪魔をするだけだ」などと毒づいていた会話がニコルに理解されていると知って、彼らは気まずそうに黙り込んでしまった。

ニコルは、そんなことには慣れていたし、日本人がシャイなことも知っていた。それに、ここへ来る前に、カナダ国内に置かれた日本企業やノルウェー企業による捕鯨やその解体作業にも立ち合っていた。

ノルウェーの捕鯨や解体はかなり乱暴だった。規則破りの子鯨の捕獲が頻繁に行われていた。骨や内臓は利用されずに沖へ捨てられてしまう。

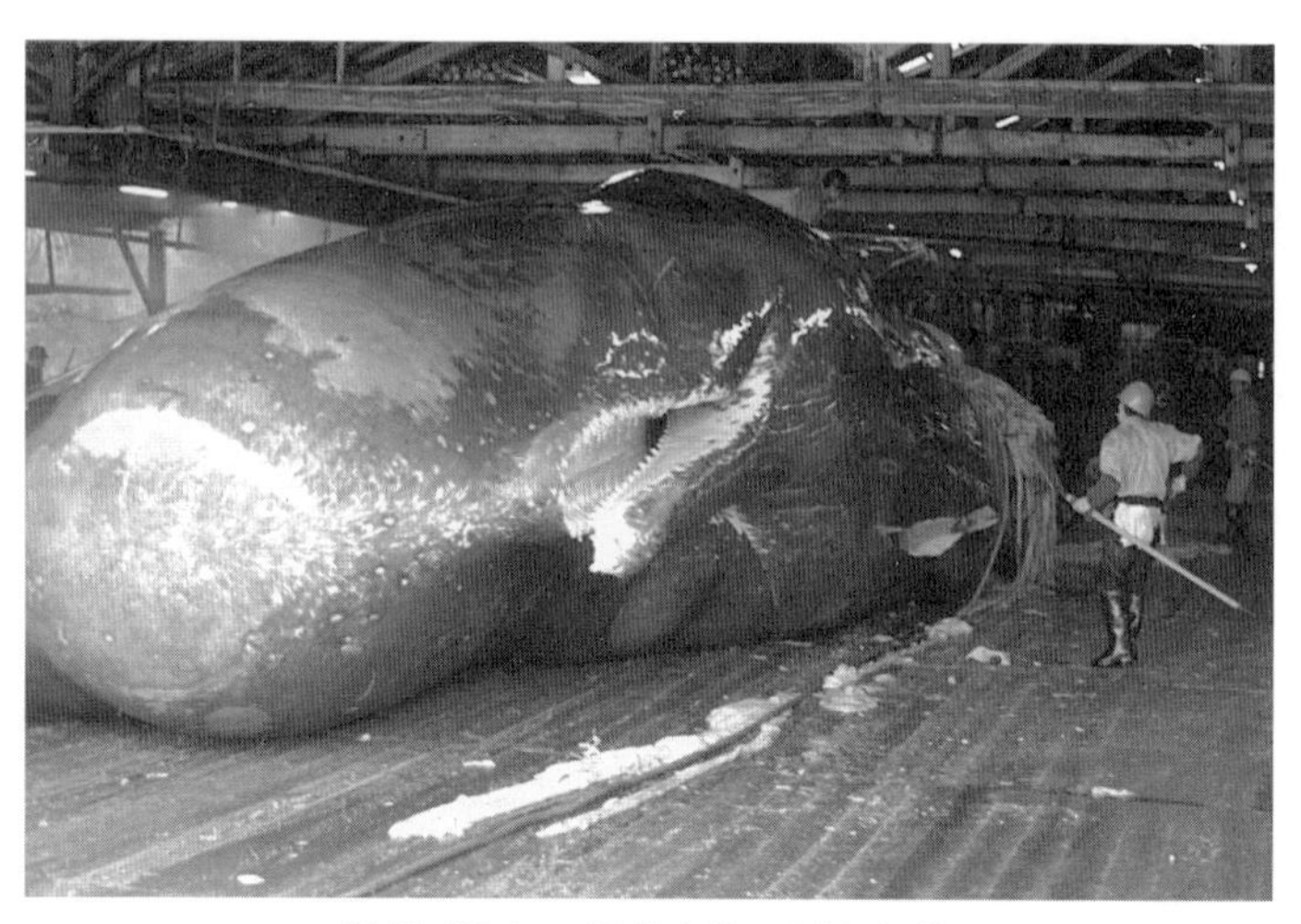

陸揚げされ、解体を待つ巨大な鯨

それに比べて、捕獲の規則を守り、骨や内臓も無駄にしない日本の作業に、ニコルは感動していたのだ。

日本の捕鯨に敬意を払い、もっと詳しく知りたいというニコルの思いは「第十七京丸」の船員たちに自然と伝わっていった。

そうして、ここでもニコルは信頼できる友を得た。船長の庄子峰雄だ。

彼は当時40歳前後だった。26歳のニコルと随分離れていたが、孤高の役にある庄子にとって、部外者であり日本を愛するニコルは格好の話し相手だったのかもしれない。

毎晩のように船長室に呼ばれたニコルは、捕鯨の基本から命を落としかけたエピソードまで、庄子から詳しく聞いたのだ。

もちろん酒やビールと鯨肉の料理が付き物だった。

庄子は、鯨と出合うまでの時間を持て余す船員たちのために、船内放送で自慢ののどを披露することもあった。甘いバリトンだった。

その目の色が変わるのは、船橋の監視員から鯨発見の一報が入った時だ。

船橋に上って洋上に噴き上がる鯨の「潮柱」を確かめると、鉄のはしごを下りて船首の砲台に向かう。

両足を踏ん張り、砲の引き手を握る庄子に、波のしぶきが降り掛かる。しかし、庄子は鯨を追う目をガッと開いたままだ。

鯨の吐く潮柱の近くに小さな背びれが突き出る。船に気付いて逃げだす鯨は、スピードを上げても息ができるように、もう潜ることはない。その距離約60メートル。

庄子が引き金を引くと、太いロープが一直線に海上を走った。その後、グサリと響くのは、鯨に突き刺さったもりが広がる爆発音だ。

腕の良い砲手は鯨を1発で仕留める。2発3発と撃てば、それだけ鯨の肉を傷めることになる。何より、鯨に余分な苦痛を与えるのだ。庄子の腕は確かだった。

心に流れ込む、人の「人生」

ニコルは、庄子が鯨を仕留めた後、妙にふさぎ込むことに気づいた。そんな時は、船内のスピーカーから庄子の歌う「五木の子守歌」が流れてくる。鯨を船に上げてほっとした船員たちはその歌に身を委ねるのだ。

ニコルは「人は殺した生き物の魂を一生背負っていく」というカナダの先住民イヌイットの言葉を思い出していた。庄子と親しい船員に「船長は殺した鯨のために歌っているのか？」と聞いたことがある。その船員は「これがおれたちの仕事だ」とだけしか答えなかった。

捕鯨反対の運動が激しくなるのは１９７０年代に入ってからだ。しかし庄子は船長室で話していた時「われわれは自分で自分の首を絞めている」と言ったことがある。庄子の頭の中には、各国の乱獲で次々に命を失っていく鯨の行く末が見えていたのだろう。庄子もその鯨捕りの一人なのだ。

ニコルは「そんなことにならないように、今から制限をかけていけばいい」と答えたのだが、「もう手遅れかもしれない」と庄子は目を落としたのだった。

ニコルはもっと捕鯨について知りたいと思った。尊敬する庄子や日本の船員たちの心に深く迫りたい。そのためには、まだ自分の日本語は未熟だ。本格的に学ばなければ駄目だ。

ニコルはその通りの道を進み、日本の昔からの捕鯨基地、和歌山県太地（たいじ）で1年間の取材を重ね、小説『勇魚（いさな）』を書き上げていく。庄子と出会ってから13年後のことだ。

ニコルは小説の題材を求めて人と出会うわけではない。捕鯨船に乗り込んだのも、仕事として鯨の生態を知るためだった。その出会いの中で、人に恋して開かれたニコルの心に、その人の人生が流れ込んでくるのだ。鯨と人間が織りなすドラマで、心が満ちて苦しくなるのだ。これを誰かに伝えたい。伝えられるのは、心にそれを抱え込んでしまった自分の他にいない。

それはニコルの生涯を通じた小説のスタイルであり、生き方と言ってもよいだろう。

「第十七京丸」との別れは、突然で悲しいものだった。何度目かの出港の時に、岩で水中のプロペラを傷つけてしまったのだ。

動きを止めた「第十七京丸」をドックまで曳航（えいこう）してくれたのは、ドイツの貨物船だった。不幸な事故だったが、ニコルはこの時、少しだけ庄子の役に立つことができた。貨物船の船長はドイツなまりの聞き取りにくい英語を話すのだが、ニコルが通訳したのだ。

「第十七京丸」は残念ながら復活しなかった。それが庄子との別れともなった。

捕鯨船の船員たちと写真に納まるニコル（左から２人目）。日本の鯨捕りを深く学びたい欲求を高めていく

第七章　エチオピアでの挑戦

未知の国に、ときめく心

鯨の調査から離れたニコルは、再び北極のアザラシの調査に戻った。

そんな時、北極で調査を共にしたイギリスの考古学者ゴードン・ロウザーから手紙が届いた。１９６７年夏、雑誌から切り抜いた1枚の記事が同封されていた。

「エチオピアで国立公園長として働く人間を募集している」というものだった。

手紙には「一生北極だけで過ごすのはやめたまえ。この仕事を試してみるといい。推薦状は送ってある」と書かれていた。

ゴードンは北極で一緒に仕事をしたニコルの才能の豊かさと熱心さをよく知っていた。それだけに、若いニコルには、今のうちにもっと視野を広げて、自分に合った大きな仕事に取り組んでほしかったのだ。

もう一つ、ゴードンが心配していることがあった。それはカナダの北極生物研究所に、ニコルの存在を煙たがる上司がいることだった。

ニコルは少年時代から、反骨の精神を失わずに生きてきた。上級生のいじめにも屈せず、叔父グウィンの執拗（しつよう）な嫌がらせにも立ち向かった。その精神は、ここカナダでも健在だった。

念願の捕鯨監視官の職務に就いたニコルは、規制破りの捕鯨は黙って見ていられなかった。赤ちゃん鯨や授乳中の母鯨の捕獲は、あってはならないことだ。捕獲した鯨の内臓や骨格の大量廃棄も、恒常的に行われていた。特にノルウェーの捕鯨はひどかった。捕鯨会社とカナダ政府は、密接なつながりがあるので黙認されていたのだ。

　ニコルにはそれが許せず、不正行為の報告書を上げた。政府に忖度（そんたく）する研究所の上司は、ニコルの報告書を渋い顔で受け取った。監視員の仕事としては、全く正しかったのだ。報告を上げるなと言えない上司は、ニコルを次々と別の部署へと追いやった。

　このままでは、いつかニコルは上司と決定的にぶつかるか、さして意味のない調査に回され、一生を終えることになる。そんなニコルの様子を伝え聞いたゴードンは、新天地エチオピア行きを勧めたのだ。

　ゴードンの言葉はありがたかった。それにしても、エチオピアという国はどこにあるのだろう。当時の日本人だったら、エチオピアという国の名を聞けば、間違いなくマラソン選手のアベベを思い浮かべただろう。１９６０年のローマオリンピックで、はだしで石畳を駆け抜け一躍ヒーローとなったアベベは、続く64年の東京オリンピックでも連続の金メダルを手にしたのだ。

　日本人のほとんどが、そのテレビ中継にくぎ付けになっていた時、ニコルは伊豆諸島の式根島で、海に潜り漁を楽しんでいた。オリンピックの熱狂も、そのための東京の混雑も、煩わしいだけだったのだ。そんなニコルだから、エチオピアについての知識はないに等しかった。

アフリカにある国だということは知っている。ジャングルを動き回る動物たちが、頭に浮かぶ。それは北極と全く違った風景なのだろう。

ニコルには、未知の道を示されると、ついついその道を進んでしまう冒険心がある。心がときめき、いつしか、そのことしか考えられないようになっていくのだ。このエチオピア行きもそうだった。

最善の助手を得る

ゴードンの推薦が効いたのか、ニコルはエチオピア・シミエンの国立公園長として採用された。27歳、カナダ国籍を取ったばかりだった。政府の職員となり、生活も安定してきた時だ。それでもニコルは悩んだ末に申込書を出したのだ。

1967年夏の終わりとともに、カナダ政府の研究所に辞表を出したニコルは、エチオピアでの住居が決まるまで、家族をいったん日本に帰した。そうして、10月にはもうエチオピアのアディスアベバにいた。

ニコルに任された仕事は、この首都から車で3日間、ガタガタ道を北へ上ったシミエン山岳地帯に、国立公園をつくることだった。皇帝ハイレ・セラシエ1世の勅命であり、野生動物保護省が管轄する事業だった。当時のエチオピア、とりわけ山岳地帯のシミエンで、それがどんなに困難で危険な事業であるかを、ニコルは徐々に知ることになる。しかし、今は新しい仕事を前に胸が躍るばかりだった。

アディスアベバでニコルを待っていてくれたのは、地元の大学で学ぶエルミアスというエチオピア人青年だった。整った顔立ちのスリムな青年は、冗談も通じるほどの英語力を身に付けていた。

当時、エチオピアの大学は、卒業前の1年間、国家に奉仕することが義務付けられていた。政府高官の息子であるエルミアスが選んだのが、この国立公園をつくる公園長の助手だった。フィールドワークが好きだったのだ。

家柄を鼻にかけず、体を動かして働くことをいとわない。ニコルはこの青年をすっかり気に入ってしまった。実際、現地の事情に詳しく、かといって有力者とのしがらみもないエルミアスは、ニコルにとって最善の助手となったのだ。

それにしても、この仕事は最初から大変なスタートになった。野生動物保護省の用意してくれたピックアップトラックに乗って、シミエンに近い都市ゴンダールを目指したのだが、その3日間の行程の中で、ニコルは腹を壊してひどい下痢に苦しんだ。そうしてやっと着いたゴンダールで、今度はエルミアスがマラリアにかかってしまったのだ。

ホテルの一室でブルブルと体を震わせているエルミアスの顔色は、紫がかっている。ニコルは、慣れない町でなんとか薬を手に入れてエルミアスに飲ませ、回復を待つしかなかった。

ひどい体験だったが、その後の二人を兄弟のようにつなぐ体験でもあった。幸いなことに、若いエルミアスは、薬が効いてなんとか元気を取り戻してきた。

その頃、ニコルにもようやくエチオピアという国の様子が分かってきた。そこはジャングルとも砂漠とも違う高原の地だった。

行く先々で感じる敵意

ニコルが向かおうとしているシミエンは、標高4千メートルにもなる。「アフリカの屋根」と呼ばれている高地は、冷涼な気候と言ってもよい。そうして、そこには国立公園の片鱗さえまだないのだ。体調の戻ったニコルとエルミアスは、目的地シミエンの中心地デバルクの町へと向かった。

エチオピアは、その急峻な国土も幸いして、外国の支配を受けることなく来たのだが、1936～41年、イタリアの植民地となっている。そのイタリアから再び国の主権を取り戻したのが、イギリス軍と共に戦った皇帝ハイレ・セラシエ1世である。

国を構成する80以上の異なった民族集団は、言語も違い、まとまりを欠くのだが、それをなんとか国として束ねているのが、ハイレ・セラシエ1世なのだ。しかし、紛争の火種は常にくすぶっており、不安定な政治のつけを貧しい国民が背負わされていた。

デバルクの町に入ったニコルは、まずその荒廃した家並みに衝撃を受けた。手で押せば倒れてしまいそうな柱が、さびて、たわんだトタン屋根を載せている。土壁は落ちてしまうのか、つぎはぎの板やボロ布が貼り付けられている。

その家々の間を、人やロバが混み合って通り抜けていく。手織りの長い着衣ガビを身に着けた人が多いが、その布はホコリを吸って灰色にくすみ、すえた臭いを放っている。

そんな人々に、ニコルとエルミアスは、行く先々で取り囲まれた。人懐っこい目でもなければ、興味に輝く目でもなかった。

そこには、暗い敵意が読み取れた。この国を侵略した外国人や、税金は取るが一向にインフラ整備をしようとしない政府を、信用していないのだ。

「あなたに敵意があるわけではありません。山には山賊がいて、彼らはいつ襲われるかわかりません。役人は、搾り取った税金をあちこちで自分たちのために使うのです」

エルミアスの言うことは分からないではないが、ニコルには、町の人々の鋭い目が、自分を責めているとしか思えなかった。「おまえは何をしにここへ来たのだ。またおれたちをただ働きさせた上、税金を搾り取るのだろう」と。

この敵意は、町の人たちだけでなく、この地を治める州知事からも向けられた。皇帝の名で発せられたシミエン国立公園長の任命書を持って面会したニコルに、知事はこう言い放った。

「あなたの仕事を、私たちは必要としないし、手伝うこともない。あなたの部下となるレンジャー（監視隊員）は、以前からこの地で密猟や不正に加担している。この地は私たちが守る。あなたは、さっさと帰って自分の国を守るがよい」

エルミアスによる通訳は、控えめだった。実際にはもっとひどい言葉が、知事の口から発せられていたのだ。知事室を出たニコルは、「本当にそうなのか」と、エルミアスに聞いてみたが、エルミアスにもまだその実態は、知るよしもないことだった。

数日後、ニコルと助手エルミアスは、町の広場で、部下となる3人のレンジャー（監視

荷をロバの背に括り付けて移動する現地の人々

隊員）と初めて顔を合わせた。ショットガンとライフルを身に着けた彼らのいでたちが、何よりもこれから向かうシミエンの地の危険を示していた。

まず、その出発や行程からして、大変なものだった。デバルクの広場に山積みされていた荷物を、ラバや馬にくくり付けるのだが、ラバたちは一向に言うことを聞かない。荷物を振り落として暴れ回るのだ。レンジャーに雇われた人夫が、それを追い回し蹴り上げる。

ラバがおとなしくなり、散らばった荷物をくくり付ける頃には、もう日は高く上がっていた。応援のレンジャーや人夫を加えて膨れ上がった一行は、ちょっとしたキャラバン隊となった。

レンジャーの隊長は、ナドゥという名の40代の伊達男だ。少し白髪が交じってはいたが、縮れた黒髪はきれいに刈りそろえられている。自分は馬に乗り、ライフルは付き従う召し使いに持たせていた。

如才ない男で、知事から聞いた「レンジャーが密猟や不正に加担している」という話をニコルがしても、「それは知事の方だ」と軽く笑い飛ばすのだった。

集落を抜け山道へ入ると、ラバや馬にくくり付けた荷物がずり落ちてくる。浅い川を何度か渡り、折れ込んだ険しい崖道を登って、ようやく尾根に出た。標高3千メートル。デバルクのトタン屋根の町並みが眼下に見えた。

エチオピアは、太古には平らな台地だった。それが地殻変動や雨水に削られて、深い谷や崖を形づくってきたのだ。崖に沿って、見渡す先まで積雲が立ち現れている様は壮観だった。

山登りの難行で火照ったニコルの体に、霧を交えて吹き上げる風が気持ち良かった。目指すシミエンの公園予定地は、この先に見える山々とその裾に深く削り込まれた渓谷一帯にある。

シミエン国立公園長としてのニコルに課せられた任務は、三つあった。

一つは、この地に住む高地ヤギ、ワリアアイベックス（以後ワリア）の保護である。雄は後ろに曲がる大きな角を持ち、100キロほどの体重をものともせず、崖を軽やかに駆け上がる。しかし、乱獲と密猟によって、今や絶滅寸前となり、その雄姿を見ることもまれとなっていた。

二つ目は、基地となるキャンプの建設である。シミエンの山岳地への入り口、サンカバールに設置するこのキャンプは、密猟者や山賊の侵入を防ぐ砦（とりで）となるはずだった。

三つ目が、幹線道路の建設である。細い崖道は、一歩踏み外せば、はるか下の谷底へと転がり落ちる。ここに、デバルクの町を起点として25キロの道路を建設するのだ。そのための税金は、もう近隣の住民から集めている。

シミエン国立公園長として採用された頃のニコル

しかし、どの任務も、前任者やナドゥを隊長とするレンジャーによっては一歩も進められていないことを、ニコルは程なく知ることになる。

高地に突然現れた群れ

ニコルは途中でのキャンプを提案したが、隊長のナドゥは「もう少しだから」と、受け入れない。辺りは暗くなり、細かい氷雨も降り出した。衣服のぬれたニコルも、体が震え出した。北極ならそれなりの装備を身に着けるのだが、アフリカでのこの寒さは、ニコルにとって不意打ちだった。

目的地に近いとすれば、標高はすでに3500メートルを越えているはずだ。10月の終わり、雪はまだ積もってはいないが、夜間は氷点下になるだろう。まだこの地を知らぬニコルは、暗闇の中を、ナドゥに付いて行くしかなかった。

「着きました」。ナドゥの声で顔を上げると、ランプの明かりが漏れるテントが目に入った。近くには、低い石壁で囲まれた小屋もあり、先に着いたレンジャーたちが火を囲んでいるようだ。ニコルに気づいたレンジャーが駆け寄り、火のそばへと案内してくれた。一行の荷物のほとんどは、ラバや馬の背からずり落ちて、山道に置き去りとなってしまっていた。

都会育ちの助手エルミアスが、よろめくようにたどり着いたのは、それから数時間も後のことだった。それでも、ありがたいことに、エルミアスが持ってきた荷物の中に2人の寝袋があった。ニコルは、疲れと冷えにぐったりとした体を寝袋の中へもぐり込ませる

群れを成すゲラダヒヒ

と、深い眠りに落ちていった。

　翌朝、ニコルは、犬の甲高い悲鳴を聞いた気がして目が覚めた。外に出ると、霧の中に太陽の光が感じられる。レンジャーたちはまだ寝ているのか、人の姿はない。

　ニコルは一人、鳴き声が聞こえる方向へと歩いた。崖に近づいたのか、突然霧が晴れ、鳴き声が高まった。そこには人間の子どもほどの大きさがある動物の群れがあった。

　ゲラダヒヒである。茶色の長い毛で覆われ、地肌の胸に特徴的な赤いマークが見える。黒い顔が毛に囲まれてくぼんでいる。ニコルを見つけた何頭かは、厚い唇をめくり上げ、鋭い犬歯を歯茎までむき出した。

「あいつらは、誰も襲いません。おとな

しいもんです」。いつ来たのか、ニコルの後ろからナドゥの声がした。エルミアスが、まだ疲れの抜けない顔で通訳してくれている。確かに、この辺りはゲラダヒヒの生息地となっていたが、草食の彼らが人を襲うことはなかった。威嚇するだけなのだ。

「でも、一人で歩き回るのは危険です。外へ出る時は、私たちに言ってください」

ナドゥの言葉に、ニコルは、来る山中で不思議に思ったことを聞いてみた。

「危険な動物がいるのかい？　来る途中、ほとんど動物を見なかったが」

そうなのだ、今ゲラダヒヒの群れを見るまで、ヒョウはもちろんオオカミやウサギが生息する痕跡さえなかったのだ。日本やカナダの山中なら、少し歩けば、そこに暮らす生き物のふんや足跡を見つけることができる。それが、この地にはないのだ。

無法許さぬパトロール開始

公園の予定地は、例えてみれば、緑のグランドキャニオンといったところだ。標高４千メートルに近い高原が、雨水に削られ、千メートルもの深さの峡谷を形づくっている。そのあちこちに集落が点在する。ニコルは、まず助手のエルミアスと共に、公園となる予定地を巡視することにした。レンジャーの隊長ナドゥとその部下が案内に付いた。

馬に乗って回るのだが、その広さは２２０平方キロメートルに及ぶ。富士山の裾野の面積が1200平方キロメートルといわれるので、そのおよそ5分の1弱になる。深い峡谷まで足を踏み入れて行けば、3日かけても回りきれない。野営をするのだが、辺りは山賊の巣といわれている。

しかし、そのレンジャーが持つ銃がおかしい。銃口には土やほこりが詰まっている。手入れがされていないのだ。

彼らは、きちんと任務を果たしていたのだろうか。ニコルのその疑問が決定的になったのは、休憩のお茶の時間だった。ポットを回しても、同行した3人のレンジャーはコーヒーを注ごうとしない。支給されたカップを持ってきていないのだ。エルミアスの通訳で「カップはどうしたのか」とレンジャーの1人に聞くと、「妻が家でバター入れに使っている」と言う。

テントに戻ったニコルは、20人のレンジャーを集め、「これからは自分がパトロールの先頭に立つ」と宣言した。

公園への出入りを監視する基地は、シミエン山岳地の入り口サンカバールに建設するのだが、ニコルはその近くに自分の住む場所を定めた。尾根の途中にある岩棚で、峡谷を見下ろす草地だった。ジャスミンやヒース（ツツジ科の植物）の木々に囲まれているこの場は、これから迎え入れる家族の心を、多少は和ませてくれるだろう。

整列したレンジャーたち

仮住まいのテントを張ったニコルは、レンジャーを率いて公園予定地のパトロールを開始した。もちろん、彼らには、銃の手入れを命じてあった。

このシミエンの山岳地帯では、2万人以上が銃を所持しているという。山賊や密猟者は、日常的に銃を使用しているのだ。しかし、ニコルは、自分が管理する地での無法な行いを許す気はなかった。

ニコル率いるレンジャー部隊に遭遇した山賊や密猟者は、不運だった。そもそも彼らは、気の強い住民以外に自分たちに歯向かう者を知らなかった。政府の役人といえども、多少の賄賂を渡せば、ずる賢い笑みを浮かべて引き下がるのが常だった。ところが、新しい公園長のニコルはそういかない。厳しい口調で彼らの罪を問い、そのまま警察のあるデバルクの町まで連行するのだ。ニコルの姿に、レンジャーたちも本気になった。

「新しい公園長ニコルは、今までの役人とは違う」

敬意払う姿勢、周囲に影響

ニコルを公園長として迎えたことで、レンジャーに規律と緊張感が生まれた。彼らは、幾度となく山賊や密猟者との対決の場面を迎えることになった。油断をすれば、逃げられるのはまだしも、相手の銃で撃たれるのだ。規律を破れば、自分と他の隊員の命を危険にさらすことになる。

こうした隊員の意識の高まりは、ニコルによって本来の任務の場に引き出されたためではあるが、それだけではない。彼らは、ニコルの仕事ぶりに心を動かされたのだ。

山中で遭遇した山賊や密猟者を、レンジャーは許すことなく取り締まるのだが、ニコルは彼らのプライドを傷つけることはしなかった。いったん取り上げた銃は、ボルト（銃の部品の一部）を抜いて無力化し、彼らに返していた。そればかりか、集落に入る時には、彼らを馬に乗せて通過させもした。

犯罪者とはいえ、彼らのメンツをつぶす扱いをすれば、残るのは憎しみだ。次の出会い

レンジャーと一緒にパトロールをするニコル（右）

は、彼らの復讐の場となるだろう。

亡き祖父ジョージの「礼儀こそが、最大の防御術」の教えを、ニコルは忘れることはなかった。

日本の空手修行で出会った「真の目的は相手を打ちのめすことではない。人格の完成なのだ」との精神も、文字通り骨身に染みていた。

罪は見逃さない。しかし、貧困の国にあって、犯罪に走った人間の尊厳まで踏みつけることはしてはならない。ニコルのこの姿勢は地区の住民たちに向けても同じだった。

擦れ違うのがやっとの道は、この山岳地帯では珍しくない。ニコルは、そんな時必ず、乗っていた馬から下りて脇によけた。

老人はもちろん、女性にも子どもにも帽子をとって「トラスニ（こんにちは）」と現地の言葉をかけるのだ。言葉が人をつなぐ。イヌイットや日本人との交流で体験してきたことだった。

そんなニコルの姿は、レンジャーにも浸透していった。現地の人々の中でも、「今度のボスは、私たちの味方だ」と評判になった。そう、シミエンでは、20人のレンジャーと100人を超える人夫を統率するニコルがボスなのだ。

住民からの尊敬と信頼は、部下であるレンジャーへも向けられた。そうなると、隊員たちには誇りが生まれ、少しずつニコルが願った姿へと近づくのだった。

もっとも、一番効果があったのは、ニコルが地方の役人から首都の責任者まで激しく問いただし、隊員や人夫の報酬が滞ることなく支給されるようにしたことだった。

「いつまでもこの地にいてほしい」とまで、彼らは言うようになった。「この貧しく腐敗した国は、いつになったらイギリスやイタリアのようになれるのでしょうか」と。

ニコルには、彼らの気持ちがよく分かった。公園長とはいえ、この国を変えるまでの力はないことは分かっている。しかし、27歳のニコルには、あふれんばかりの正義感があった。

日本語が分かる獣医

ニコルは、シミエンの山岳地でわが物顔に暗躍していた山賊や密猟者を、次々に捕らえていった。彼らのプライドまでもは奪わないニコルの扱いもあって、犯罪者たちも、ニコルとレンジャーに一目置くようになった。大っぴらに悪事を働く者は影を潜めた。

しかし、彼らの数は多い。ニコルに激しい敵対心を抱く者も、少なくなかった。捕まれば「許してくれ」とニコルの足にキスまでしようとするが、隙を見せれば逆襲する。

ニコルは、進んで彼らに暴力を振るうことはなかったが、襲われれば反撃をした。空手の技で、何人もの無法者を地面にたたき伏せた。一人で39人の男たちを捕らえた時には、鎌やナイフで切りつけられ、ニコル自身も7針を縫う傷を負った。

「俺は知事の甥(おい)だぞ」と、居直る密猟者もいた。彼は不幸なことに、ニコルがそういったやからを最も嫌っていることを知らなかった。綱でぐるぐる巻きにしたまま町まで歩かせ、知事の前に突き出したのだ。

知事は、ものすごい形相でニコルをにらみつけたが、怒りの矛先は甥に向けるしかなかった。住民たちは、そんなニコルに拍手喝采だった。

犯罪者を厳しく取り締まるニコルは、この地で虐げられている住民たちには優しかった。彼らの馬やロバが逃げ出すことがあるのだが、それを捕らえて保護するのもレンジャーの仕事だった。

ニコルが公園長として来るまでは、引き取りに来る持ち主は、何がしかのお礼の品を用意しなければならなかった。しかし、ニコルは何も受け取らなかった。反対に「水、食べ物はあるか？」と気遣う言葉をかけるのだ。


彼らの馬やロバ、そうして家畜がけがをしたり病気になったりすることもある。大概のものは持ち主が手持ちの薬などで応急処置するのだが、手に負えないものもある。そんな時、ニコルはゴンダールに住む獣医の王（ワン）先生に相談するのだった。

王先生に出会ったのは、この地へ来てすぐのことだった。違法な落とし穴のわなにはまり骨折した1頭のダイカー（レイヨウの一種）がニコルの元へ持ち込まれた。ニコルは、そのダイカーをゴンダールの営林署へ運び、紹介された王先生を訪ねたのだ。

王先生は、台湾政府からこの地の協力員として派遣されていた。小柄だったが、がっちりとした体格で、角張った顔には生き生きとした目が輝いていた。

王先生の英語は、中国語式なのか、甲高く詰まりがちだった。「まだ子どものダイカー。助からない」。ニコルの英語に合わせてくれているのだ。

その時、ニコルは王先生の机の上にある英和辞典に目が留まった。

行き交う人や馬でにぎわうゴンダールへの道

「先生、日本語分かりますか？」

ニコルの日本語の問いかけに、王先生の目が驚きに見開かれた。

「分かります。分かりますとも」

王先生は、台湾が日本の統治下であった時に少年時代を過ごしている。それで流暢な日本語を話せるのだ。剣道や柔道も習い、今でも日本が大好きだと言う。ニコルと話が合わないはずはなかった。その晩、二人は夕飯を一緒に食べる約束をして、心行くまで語り合った。

言葉には力がある。お互いに故郷を離れた異国の地で、これまた母国語ではない日本語で話すのだ。しかも、ここはウェールズからも台湾からも、遠く離れたエチオピアだ。

ニコルは、日本語には相手を思いやる美しさ、こまやかさがあると思っている。その日本語が、奇跡のように二人を出会わせ、結びつけてくれた。すっかり飲み過ぎた二人が、ゴンダールの夜道で肩を組んで歌ったのは、「ソーラン節」だった。

その日以来、月に1度ゴンダールの町に出て、王先生と酒を酌み交わすのが、ニコルの楽しみであり息抜きとなった。

ゴンダールでは、シミエンのキャンプに必要な品物を購入し、郵便物を受け取り、レンジャーと人夫たちに支払う給料を引き出す。もっとも、政府の担当者は、催促しないと、給料の送金をしてこないのだ。

そんな時、王先生のアパートで、本場の中華料理を口にして、日本語で役人への不満をぶちまけると、不思議と心が落ち着くのだった。王先生も、この国へ獣医の体制をつくるために派遣されているのだが、人も施設も一向に進展がなく苦労していたのだ。

「ここには、ありとあらゆる家畜の疾病がまん延している。私は、毎日それに追い回されているだけだよ」。王先生は、そうニコルにこぼしながらも、「しかし、焦ったら駄目だよ」と、付け加えるのを忘れなかった。

王先生の助言もあって、ニコルは、爆発しそうな感情を抑えて公園長の仕事に取り組み、1年が過ぎた。

毎月の給料がきちんと手元に届けば、100人の人夫たちも仕事に向かう熱心さが違った。資材も届き、道路の敷設や基地となるキャンプの建設も、目に見えて進み出した。日本にいた家族をこの地へ呼び寄せることもできた。家族が暮らす家も基地の近くに建築中だった。

レンジャーと公園内をパトロールするには、3日はかかる。家族と離れるのは心配だったが、ニコルはこのパトロールを欠かさなかった。山賊や密猟者との我慢比べだ。彼らには、この地で悪事を働くことを諦めさせなければならない。公園内のワリアやヒョウは、もう絶滅寸前なのだ。

ニコルには、もう一つ気がかりなことがあった。それは、パトロール中の野営地で見た、山を取り巻く赤い光の帯のことだった。満天の星明かりに、黒い山々がかすかに浮かぶ。その山の麓に、赤い光の帯を何本か見たのだ。

山火事の帯

ニコルが、赤い光の帯に双眼鏡を向けると、それは炎を上げて麓まで迫る山火事だった。光の帯は、1本や2本ではない。街路灯のように、あちこちに連なって見える。

助手のエルミアスが「農民たちが、耕地を作るために、森林を焼き払っているのです」

べてうなずいた。

と教えてくれた。「違法じゃないのか」。ニコルの問いに、エルミアスは困った表情を浮か

森林を勝手に焼き払うのは、違法だ。おまけに、ここは国立公園の予定地だ。絶滅の危機にあるワリアやヒョウ、そうして彼らの生を保証する草木や小動物は、健全な森なくしては育たない。

しかし、農民たちも生きねばならない。肥料を買う余裕はない。手っ取り早いのが、焼き畑農業なのだ。ただし、焼き畑によって土壌が改善されて作物が育つのは1、2年のことだ。農民たちは、また次の森林を焼くしかない。

ニコルは、取り締まるべき相手が盗賊や密猟者ばかりではないことを知って、気が重くなった。

「どうぞ、この地に何年もいて、私たちを助けてください」。パトロールで出会った貧しい農民たちから、この言葉を何回聞いただろう。自分を信頼し、すがる目を向ける農民たちを取り締まることは、山賊を捕らえるよりつらいことだった。

しかし、森の荒廃は確実に進んでいる。公園の中心にあるギッチェという村は特にひどかった。伐採と焼き畑で木々をなくした村の周りは、底土がむき出しとなり、赤や青の火山岩が、かさぶたのように張り付いていた。

破壊されていくシミエンの森

乾期の長いこの地だが、6月から9月は大雨期と呼ばれ、バケツをひっくり返したような雨が降る。至る所洪水となった雨水は、岩肌を露出させるまで地表の土を洗い流すのだ。

木々があれば、根が土を抱えてくれる。しかし、伐採と焼き畑で、木々は根絶やしとなってしまっていた。

乾期が戻れば、太陽に焼かれて一気に砂漠化が進む。植物は残った数本の細い木々と、そこに絡みついた雑草だけとなる。数年の大麦の収穫では見合わない、自然の破壊がそこにあった。

ニコルは、崖を駆け上がるワリアを初めて見た時の、震えるような感動を忘れられない。

崖下には、鳥が舞う緑の森があり、生き物を潤す谷川が音を立てていた。岩を蹴るワリアの強靱な細い足は、命の躍動そのものだ。そのすべての命は、森によって育まれている。森を守ることは、動物はもちろん、そこに暮らす人々をも守ることなのだ。

ニコルは、シミエンの各地で開かれる集まりへ出向いては、森の大切さを訴えた。

「木の根っこは、神様の手だ。土を握って作物を守ってくれる。だから、木を切らないでくれ。焼かないでくれ」

自然保護省の役人の下へも、嫌がられるほどに足を運んだ。農民たちは戸惑いの笑顔を浮かべるのだが、山火事の帯が消えることはなかった。役人たちは、あからさまに顔をしかめた。

大きな悪事を相手に

この地で1年が過ぎたニコルには、この国が、まるで暴走する列車のように見えてきた。行き着く先は破滅しかないと分かっていても、降りることはできないのだ。法を犯す者と役人が上等な席を占め、貧しい者は床にひしめいている。降りればそこは、飢餓の地だ。

しかし、ニコルは諦めることはしない。少年時代から、反骨の精神が心身を離れたことはない。ここエチオピアでもだ。小さな悪事と闘うだけでは駄目だ。相手にすべきは、この国に巣くう大きな悪事なのだ。

密猟者の取り締まりをしてきたニコルは、彼らの背後に、毛皮商人と担当役人との闇組織が存在することに気づいた。アディスアベバの毛皮商人の店で、ニコルには覚えのない、野生動物保護局のスタンプが押された大量の毛皮を見たのだ。

「あの商店に踏み込めば、違法の毛皮取引の全貌をつかむことができます」。ニコルは、野生動物保護局の局長に進言した。しかし、局長は、「うん」とは言わなかった。「ヒョウの毛皮を1枚持ってこさせて、その商人を捕まえたらどうか」と言った。

密猟者から手に入れた1枚の毛皮では、罪は軽い。しかも、それで捕まるのは2、3人のことだ。局長は、大量の毛皮から、捜査の手が局内に及ぶのを嫌がっているのだ。局長も商人から賄賂をもらっているのかもしれない。

それでも諦めないニコルは、次々と怪しい商人を告発していった。しかし、いずれもが不起訴とされてしまう。

そうして、ある日、ニコルはゴンダールの警察署長に呼び出された。署長室には、署長ともう1人、大佐と名乗る男がいた。

署長は「君が人々を逮捕して困らせているという苦情を何件も受け取っている。もう、

役人を乗せた移動の車を見つめる住民たち

人々の邪魔をしてはいけない」と言うのだ。

そばに立つ大佐が笑みを浮かべて「君が動物たちを助けようとしているのは、よく分かる。しかし、署長は君の身を案じて忠告しておられるのだ」と、ニコルの目をのぞき込んだ。

ニコルは、大佐をにらみ返すと、署長に目をもどし「ノー！」と答えて、「私は法律を実施しているだけだ。法律を破っているのは、商人や密猟者です」と続けた。

署長や大佐は、その後も、いかに山の住人たちが危険であるか、ニコルがその山の住人たちの生活を脅かしているのだと、まくし立てた。森を焼く住人たちからも、苦情が出ているのだろう。

「もとはと言えば、税の取り立てが厳しくなり、彼らが大麦の畑を増やさなければならなくなったからです。犯罪者となれ合い、税金も懐に入れてしまう役人がいるからだ」

ニコルが役人にまで言及したのはまずかった。署長は血相を変えると「もう終わりだ」と、ニコルを部屋から追い出した。この一件で、ニコルは警察をも敵に回してしまった。

事件が起きたのはその数日後だった。

闇夜の襲撃者

その日、ゴンダールの町には、いつになく山の民が多かった。ニコルは、無駄とは分かっていても、知事のところへ顔を出し、密猟者や山火事への対応を求めたが、いつも通り「協力はしている」というそっけない返事をされただけだった。

獣医の王先生はその日、都合が悪く、夕食の約束がなかった。ニコルは、郵便物を確認して、必要な品物を買い求めホテルに入ったが、このところのいら立ちが収まらない。町へ出て、安い酒場で一杯飲むことにした。

裸電球にまとわりつくガを見ながら、ひとしきり強い酒をあおったが、王先生と飲む時のような安らぎは訪れなかった。早々に店を出て、ホテルに戻ることにした。

その道は建物の塀に沿って続いていた。わだちに石が転がる川床のような道を、外灯の薄暗い明かりを頼りに歩く。外灯といっても電柱にくくりつけられた裸電球だ。その外灯が切れている場所がある。暗闇の中へ足を踏み入れたニコルは、殺気を感じてくるりと身をひねった。

複数の足音が迫り、ブンッと何かが空を切る。ニコルは、空手の構えをとると、明かりを目指してゆっくり後ずさった。

もう少しで明かりの中へ出るという時、再びブンッと音がした。ニコルの頭をかすめていった物が、今度はかすかに見えた。棍棒（こんぼう）のような武器だ。暗闇から抜け出したニコルには、その棍棒を持った2人の男の姿も今は見えていた。

次の攻撃に備えて身を低くしたニコルは、振り回された棍棒をかわすと、その男の手首をつかんで身を引き寄せた。焦ったもう1人の男は、振り下ろした棍棒を仲間の頭に打ち当ててしまった。

それから後は、ニコルの反撃が次々に決まっていった。男たちは、ニコルが空手の有段者だとは思わなかったのだろう。そもそも、自分たちを容赦なく打ち付ける空手の技など、見たこともなかっただろう。

立ち上がることもできなくなった2人の男は、石ころ道に横たわっていた。半ズボンに汚いガビ（長衣）をまとい、頭をそり上げたその姿は山賊によく見られるものだ。

心臓に手をやると、2人とも鼓動を打っている。骨の1、2本は折れているだろうが命には別条なさそうだ。

ホテルへ戻ったニコルは、自分の手が腫れて血が出ているのが分かった。後頭部にも、2カ所皮がむけているところがあった。棍棒には鉄が巻かれていた。その鉄がかすめていったのだろう。男たちは、本気でニコルを殺す気だったのだ。

その時になって、ニコルはその夜、自動拳銃を懐に入れていたことに気づいた。いつもと違う町の空気に用心したものだが、酔いと緊張で忘れていたのだ。

この拳銃を使わなくて良かった、とニコルは思った。それにしても、自分を襲ったのは何者だろう。一日自分を付け狙っていたのだろうか。

翌朝、まだ夜が明けないうちに、ニコルはホテルを発った。

有罪のピンチ、救われた証言

ニコルがゴンダールの町で2人の男に襲われてから数日後、王先生がシミエンのキャンプ地を訪ねてきた。何か心配げであったが、キャンプ地へはちょうど来訪者があって、王先生と落ち着いて話している時間がなかった。

王先生は、帰り際、ニコルに近寄ると「この前は会えなくて悪かった。でも、誰かに聞かれたら、あの夜も私と飲んでいたと言っておきなさい」と、ささやいた。

ニコルは、王先生を追ってその言葉の訳を聞くことをためらった。キャンプ地にまだ残っている来訪者は、政府の役人だったのだ。さっと歩き出した王先生の背中も、もうそれ以上は聞くなと言っているようだった。

王先生が訪ねてきた訳を詳しく知ったのは、それから8年も後のことだった。王先生は、事件から間もなく台湾へ帰ってしまったのだ。

二人が再会したのは、日本へ戻ったニコルを、王先生が訪ねてくれた時のことだ。銃声の絶えないエチオピアからは遠く、酒に和んだ時間の中で、王先生はゴンダールでの事件のことを切り出した。

あの夜、ニコルが道路にたたき伏せた2人の男は、直後に現れた警察の四輪駆動車に拾われていったそうだ。1人の男はかなりの大けがだったという。そうして、王先生の耳にも事件のうわさが入ったのだ。2人の相手は、どうやらシミエン公園長のニコルらしいと。警察も捜査に入っているという。

王先生は先手を打った。警察に出向いて、その夜、ニコルはずっと自分の所にいて外出していないと証言し、署名もしたのだ。警察はもちろん、ニコルを外で見たという証人が

シミエン国立公園の中心地に出来たキャンプ

いると王先生に詰め寄ったが、彼は頑として証言を変えなかった。

たとえ正当防衛とはいえ、この国で罪に問われればニコルの有罪は間違いない。ニコルを追い出したい一派にとって、公正な裁判などない。

王先生の証言は、どう見ても無理があったが、それでも警察はニコルの逮捕を諦めたという。

台湾から派遣された王先生は外交官の資格を持っていたのだ。もし、王先生が裁判に出ることになれば、それは首都アディスアベバで開かれることになる。そうなれば、ニコルが襲われることになった背景、大がかりな密猟の実態も証言されることになる。それは、この地の警察にとっても、警察が癒着する役人や商人にとっても、避けたいことだった。

王先生は、自分の立場を危うくしても、ニコルを救ってくれたのだ。事件は、うわさだけを残して、それ以上の進展はなく収まった。

ニコルの拳には、格闘の時の傷痕がしばらく消えなかった。それを見ると、レンジャーたちは、アムハラ語で「ゴバッズ」とうれしそうに言うのだった。その意味は、「勇敢な」とか「大胆な」とかいうものだ。

これで悪徳な警察や役人まで完全に敵に回してしまったが、レンジャーや住民たちは、ますますニコルへの信頼を深めるのだった。

迷いから抜け出す決断

ニコルが、この地へ来てから2年になろうとしていた。

襲撃事件の捜査は中断されたが、ニコルを排除しようという動きは進んでいた。シミエンにはびこる悪事を正し、国立公園開設の使命に燃えるニコルは、違法な行いで利益を得る者たちにとって、扱いかねる邪魔者となっていた。

身の危険を感じる日々が続いた。エチオピアの治安状態も崩壊寸前だった。先の大戦において、エチオピアを占拠していたイタリア軍に対して、イギリス軍と共に戦い、祖国解放の立役者となったハイレ・セラシエ1世の威光も、うち続く飢餓と貧困の前には陰るばかりだった。山火事の光の帯も消えない。自然破壊が止まらない。

ニコルは、レンジャーとの慰労の宴を抜けだし、ベースキャンプの外へ出た。

「アフリカの屋根」と呼ばれるこの地の空高く、もうひとつ満天の星を散りばめた屋根があった。

こんなに美しいのに、人間のなすことは、どうしてこうも愚かで汚いのだろう。

ニコルには、このところ頭から離れない言葉があった。イスラエル大使館の友人からのアドバイスだった。

「あなたは、ブラックリストに載っている。絶対殺される。いつかやられるから、もう自分の国へ帰った方がいい」

それが単なる危惧ではないことは、ニコルも身をもって知っている。治安の悪化から戒厳令が敷かれるといううわさは、いずれ現実となるだろう。

森の破壊が進むこの地で旱魃(かんばつ)が起きれば、村々が飢饉(ききん)に陥る。限界に達した住民たちの怒りが、軍を押して革命へと進むだろう。そこには、もうニコルと家族の居場所がないことは、明らかだ。

この地を離れるべきだろうか。それは、反骨の精神を抱き続けたニコルにとって、大きな敗北となる。

キャンプの中で陽気に騒いでいる20人のレンジャーは、今ではニコルを若い父親のように慕っている。シミエンの住人たちも、ニコルがこの地を法と秩序のある美しい公園にしてくれることを信じて疑わない。自分は、彼らを裏切ろうとしているのだろうか。悩みの日々が続いた。

そんなある日、ニコルがパトロールから戻ると、共に暮らした愛犬の墓に、花が添えられているのが目に入った。家族が摘んだ野の花だ。

家に入ったニコルは、妻に言った。いつになく静かな物言いだった。

「荷物をまとめて、先に山を下りなさい」

自分が闘い続けてこの地が良くなれば、死んでも構わない。しかし、自分が暗殺者と闘って死んでも、彼らの密猟や自然破壊を、食い止めることはできない。

破滅へと向かうこの国は、山崩れのように人々を飲み込んでいくだろう。その時は、ニコル一家も無事ではない。この地に家族の墓をつくることは、あってはならない。

荒くれ男たちの目に涙

1969年10月、ニコルがシミエンを去る日が来た。

よく晴れた朝だった。ニコルは一人で家の周りを歩いてみた。手づくりの家が立つ崖の平らには、色とりどりの花が咲いている。森が広がる崖下では、ワシやハヤブサが悠然と弧を描く。もう、この景色を見ることはないのだ。見慣れた一つ一つの生き物が、今はニコルの胸を締めつける。

崖の中腹にいた1頭のワリアが、ニコルの心を探るように、頭を上げてこちらを見た。別れだ。ニコルは、きびすを返し足早に家に戻ると、荷物を持って外へ出た。

レンジャーのキャンプ地には、20人のレンジャーが家族と共に待ち受けていた。みんな声を上げて泣いている。ニコルと生死を共にした仲間だ。彼らの半数は元山賊であり、また半数は反乱に加担して捕らえられた元兵士だ。荒くれた男たちが、生涯のボスと定めたニコルとの別れに、子どものように泣いているのだ。

1人の女性が、抱いていた赤ん坊を、ニコルの前に差し出した。

「あなたが救ってくれた子です。あなたの名前を付けました。抱いてください」

流産しかかっていた親子を、ニコルが町の医師を連れてきて助けたのだ。

ニコルは、レンジャーとその家族一人一人を抱き寄せ、別れのキスをした。ずいぶんと時間がたっていたが、誰も帰ろうとはしなかった。そればかりか、いよいよ馬に乗って山を下りるニコルを追って、ずっと付いてくるのだ。

レンジャーと、その家族たち

道には、山の住人たちが並んでいた。「帰らないでください」。そう言って、ニコルの乗った馬の前に横たわる女性もいた。中には、山火事の当事者としてニコルが捕らえた農民たちもいた。

今のニコルには、農民たちをせかして畑を広げさせるのは、町の金持ちや貴族だと分かっていた。彼らが前面に出ることはない。捕らえられるのは、いくら働いても畑の収穫を搾り取られる農民たちだ。

「あなたのいないシミエンには、もう希望がない」。その通りだと分かっていても、もうニコルにできることはないのだ。

重苦しい胸のままに、公園の境界まで来たニコルは、彼らに向かって「ありがとう。ここでお別れだ」と叫ぶと、馬の腹を蹴った。

皇帝ハイレ・セラシエ1世がシミエンを国立公園とする公文書に署名したのは、それからほどなくのことだった。ニコルの努力は徒労ではなかったのだ。

しかし、ニコルが恐れていたエチオピアの三つの未来、旱魃に飢饉、そうして軍事クーデターも現実のものとなった。ニコルを公園長として招いたハイレ・セラシエ1世も、5年後の1974年には、クーデターによりその地位を追われ、翌年、暗殺されている。

エチオピアに、複雑な心を残したニコルは、カイロからローマを経由する飛行機に乗っていた。向かうは、一足先に発った家族が待つ日本だった。

第八章　再びの日本、捕鯨の世界へ

谷川雁との出会い

ニコルは、再び日本の地に立った。24歳で空手の黒帯を取り、カナダへ発ってから、エチオピアでも2年間を過ごし、5年ぶりとなる日本だった。

29歳の青年にしては、地球をぐるりと回る波乱の体験だった。その中で、エチオピアを志半ばで後にしたことが、ニコルの心を重く沈めていた。

そんなニコルを癒やしてくれたのは、日本へ戻っていた家族との再会と、日本の豊かな自然だった。東京は穏やかな光に包まれ、街路樹が紅葉の盛りを迎えていた。そうして、この国には法が生きていた。犯罪者は、賄賂とは無縁の警察が取り締まっている。枕の下に銃を置いて眠る必要もないのだ。

気を許すことのなかったエチオピアでの生活は、今は記憶の中に閉じられた。だからといって、日本でのゆっくりとした暮らしが、そのまま続くわけではなかった。平和な国でも、家族が生活するにはお金が要る。

ニコルが仕事先として頼ったのは、東京イングリッシュセンターだった。最新の聴覚機器が売り物の語学学校で、1回目の来日の時に講師のアルバイトをしていたのだ。

ニコルは、正直日本での英会話授業は苦手だった。日常会話とはほど遠い、硬い文法通りのやりとりが疲れさせるのだ。それでも、英語の物語を読み進める授業は、生徒と一

日本に戻り、英会話の授業で教えるニコル（30歳頃）

緒に楽しむことができた。

　そうしてここには、後にニコルの運命を大きく左右する人物がいた。詩人にして評論家、谷川雁その人だった。

　ニコルの再来日に先立つ1969年1月、東京大学で後々まで語り継がれる事件があった。医学部の研修医制度の改善要求を発端に、大学側の処分に反発した学生らが全学共闘会議を組織して安田講堂に立てこもり、機動隊がこれを排除したのだ。

　講堂の壁に残されていた落書きが、谷川の文章の一節である。

「連帯を求めて孤立を恐れず」

　九州で炭鉱労働者を後押しする行動にも身を投じてきた谷川の言葉は、左翼学生たちの心に深く入り込み、その活動の支えともなっていたのだ。しかし、ニコルはそんなことは知らない。目の前に現れた谷川は、この頃、運動から身を引き、イングリッシュセンターの運営会社テックの専務として、子ども向けの事業「ラボ教育センター」を手掛けていた。

「自分は作家です」。そうあいさつしたのは、ニコルの方だった。谷川は、そう言い切る外国人の青年にびっくりしたように目を向けた。ニコルは、それをチャンスと続けた。

「私なら教材用にもっと優れた子ども向けの話を書けます」

作家とはうそでもなかった。エチオピアでの体験をまとめて出版する契約を、ニューヨークの出版社と結んでいたから。

谷川が、なぜこの世間知らずのニコルを採用したのかは謎だ。今まで出会ったことのないタイプの青年に、心が引かれたのだろうか。ともあれ、この谷川が、後にニコルを信濃町黒姫の地へ導くことになるのだ。

1970年、ニコルはラボ教育センターで使う教材『たぬき』を書き上げる。英語と日本語で吹き込んだテープが付くもので、音楽は林光、朗読は久米明ら当時一流のメンバーが参画していた。表紙絵は、絵本作家の梶山俊夫が描いている。いずれも、谷川が今までの交流を生かして声をかけた人材である。

こうした幸運にも恵まれて、ニコルの書いた初めての教材は好評であり、次々に版を重ねることになった。谷川にも認められて、ニコルの作家としての仕事は少しずつ増えていった。

収入の道を確保したニコルは、今回の来日の目的である、日本語と漁業の学習に落ち着いて向かうことができるようになった。穏やかな日々だった。しかし、この生活はニコルにとっては一時のものだ。文筆の仕事はアルバイトであり、就学のビザもいずれ切れる。その後の生活を考えなければならない。

そんな時、カナダ政府から、主任技官としての職の打診が入った。北極が主な現場となる。この仕事には込み入った事情があった。それゆえ、北極をよく知り、イヌイットとも交流のあるニコルに、白羽の矢が立ったのだ。

北極は、ニコルにとって第二の故郷と言っても良いところだ。そこで仕事を用意してくれるという。断る理由はなかった。72年、冬が間近に迫るカナダへ、ニコルは家族を伴って旅立った。32歳になっていた。

ウィニペグ。アメリカ合衆国との国境から北へ100キロの地点にある大都市に、専用のオフィスが用意されていた。じゅうたんが敷かれ、専用の研究室まで付いている豪華なものだった。航空機専用のクレジットカードも支給されたので、自由に北へ飛ぶこともできる。

仕事の内容は、北極関係の物資の調達、営繕とフィールドキャンプの管理ということになっている。しかし、実のところは、北極の地下資源をアメリカ合衆国へと送る、長大なパイプライン建設に関わる仕事だった。

採掘からパイプライン敷設までの大工事は、海や川、通過する土地の環境への影響が大きい。流出事故の不安もある。その事前調査が始まっているのだ。ニコルには、その調査活動隊への支援が託された。

事は簡単ではない。ボーフォート海の海底に大量の天然ガスが発見され、石油の埋蔵も確認されてから、北極は宝の眠る地となった。世界各地から、分け前を狙ってハイエナのような輩が入り込んで来た。いや、最もずる賢く振る舞い、大きな利を得ようとしているのは、ニコルを雇った国であり、パイプラインの行き着く先の大国なのだ。

現地に住むイヌイットや北へ追いやられてきた北米の先住民には、地下資源の巨大なパイの食べかすが施されて終わることは目に見えている。激しい反対運動が起きているのは、当然だった。その渦中にニコルは入り込んだのだ。

再び、きな臭い空気がニコルを包み始めていた。

イヌイットへの共感

１９７２年12月、ニコルはカナダ北端イヌビクの町に来ていた。カナダ水産調査局淡水研究所の主任技官という職名をもらっており、冬季のマッケンジー川の河水調査が目的である。

「おい、本当に犬ぞりで行くって言うのかい？」。町の住人であるイヌイットのエドワードが、驚いたようにニコルを見返した。イヌイットの移動手段は、今ではほとんどスノーモービルが主流なのだ。

「でも、そいつがぶっ壊れた時のことを考えてみろよ。零下四、五〇度で、町から１００マイルも離れてるんだぜ」

北極経験のあるニコルは、調査行に犬ぞりを選んだのだ。犬ぞりなら、突然のアクシデントにも対応できる。

「クレージーだが、正しい選択かもな。俺も、大きな銀色の鳥たち（飛行機）が、俺たちのところへ来なくなるかもと思っている」

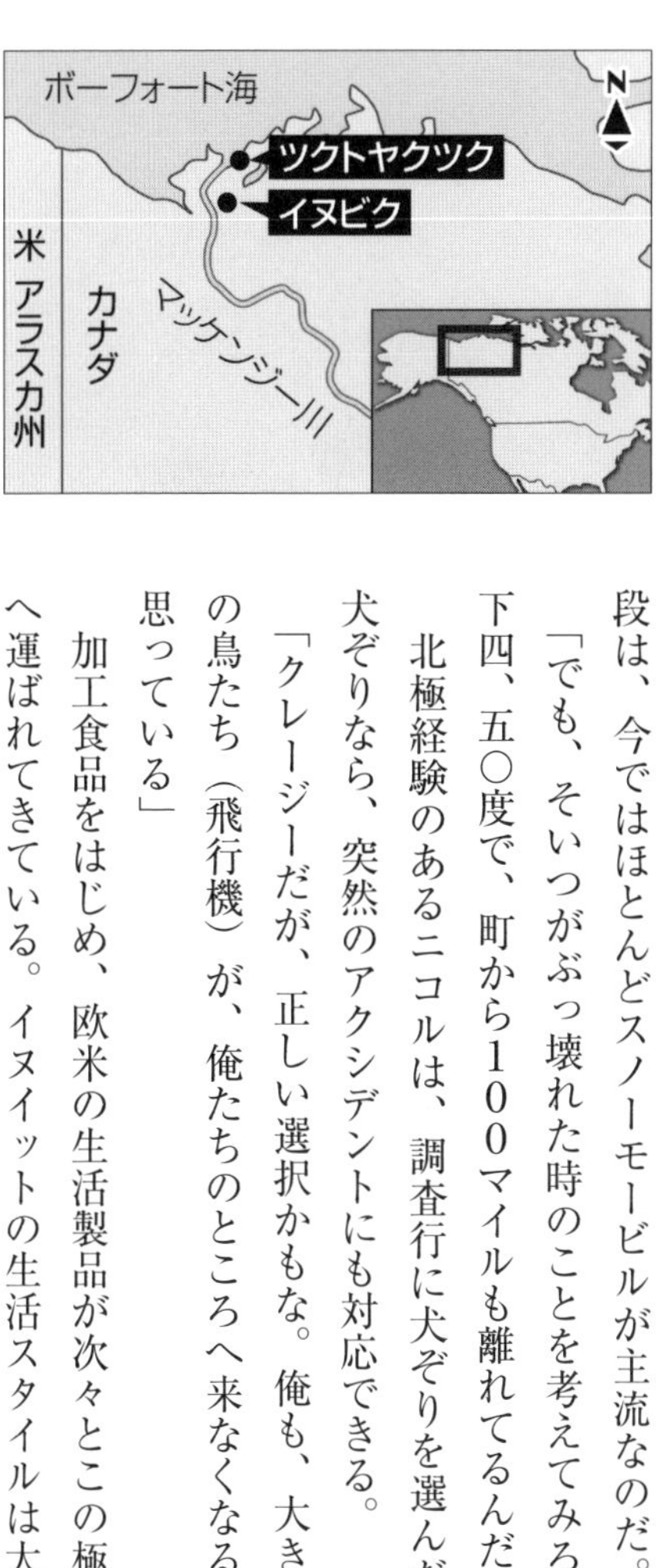

加工食品をはじめ、欧米の生活製品が次々とこの極北の地へ運ばれてきている。イヌイットの生活スタイルは大きく変

北極の雪原でイヌイットの人々が用意した犬ぞり。1960年代初め、22歳頃のニコルが撮影

わり、町には酒場とけんかが増えた。

「だから、あんたは今も犬を手放さないんだろ」。ニコルの言葉に、エドワードが苦笑して、犬ぞりの置き場へと案内してくれた。

ニコルは、3人のスタッフと共に、この犬ぞりを操って2週間、冬の極夜を走り抜き、水と生物のサンプルを無事に集めることができた。

短い夏の間は、川は泥を巻き込んで茶色いココアのような色となるが、冬の分厚い氷の下では澄んだ流れとなる。このコントラストから、川にすむ生物も多様であり、全体はまだ明らかになっていないのだ。

このマッケンジー川が流れ出るのが、北極海の一部ボーフォート海であり、そこにガスと石油の地下資源が眠っているのだ。カナダ最長の川に沿ってパイプラインが敷かれることになる。工事や流出事故が流域に及ぼす影響は計り知れない。住民が安心できるような調査結果が出るのか、ニコルにもまだ分からない。

翌73年の冬には、調査はさらに北へ進み、ボーフォート海に面する小さな町ツクトヤクツクへと移った。開発の最前線となるこの町では、イヌイットや先住民ディネが過激な反対運動を展開していた。

彼らの集会に出たニコルは、床下に隠された銃や弾薬を見せられた。

「俺たちは本気だ。建設を進めるなら、あんたたちは１００メートルごとに警備兵が必要になるぜ」

ニコルには、彼らの気持ちが分からないわけではない。欧米の文化が押し寄せて、北極の自然と彼らの狩猟生活は大きく変わった。教育や医療は、無料で受けられる。しかし、彼らはそれが、掛け値なしの善意ではないことを見抜いている。

奪われようとしているのは、地下資源だけではない。厳しくも恵み豊かなこの地で、狩猟を中心として誇り高く生きてきた彼らの生活と文化なのだ。

ニコルは、開発を進めたい政府の役人でありながら、心では深く彼らに共感した。

石油流出事故の対策に奔走

マッケンジー川の河水調査を終えると、ニコルには新たな役職が与えられた。環境省太平洋地域担当、環境保護局緊急事故対策官という長い名前の役職は、昇任と破格の給与を約束するものだった。

オフィスは、カナダ南西部の国際都市バンクーバーに移った。カーペットが敷き詰められたオフィスの大窓からは、ライオンズゲート橋のアーチを見下ろすことができる。

ここでの仕事は、石油流出など大規模な環境災害の処理に当たることである。この職が、ニコルを再び日本へ引き寄せることになった。

1974年12月、岡山県倉敷市の水島製油所で、タンクの破損から大規模な石油流出事故が起きたのである。実に8万キロリットルの重油が瀬戸内海へ流れ出て、その3分の1を汚染したのだ。

いち早く現地に入ったニコルは、その被害の様子と生物への影響を目の当たりにした。パイプラインの施設を計画するカナダ政府にとって、見逃すことのできない事故だったのだ。ニコルの滞在は3週間に及び、動き始めた浄化作戦も視察して、分厚い報告書を作成した。その報告書は、後に大きな役割を果たすことになる。

カナダに戻ったニコルは、水島での調査を含め石油流出の事故対策について、各地で講演をし、科学会議での発言も重ねていった。政財官各界リーダーとも会見し、事故対策の必要性を強く求めたのだ。

大規模な流出事故は、パイプラインの安全性を大きく失墜させる。敷設を進めたい側にとっても、ニコルの発言は参考にしなければならないものだった。

カナダ政府も、ニコルの存在にますます注目するようになった。75年には、外務省出向の身分を与え、沖縄海洋博のカナダ館副館長としての要職も任せている。空手の有段者としての日本通にも期待したものと思われる。

岡山・水島製油所で起きた石油流出事故の調査に入ったニコル

外務省への派遣は、8カ月という長いものだった。カナダ館は、多くの来館者を迎えてにぎわい、その中には官民の要人も少なくなかった。ニコルは館全体に目を配り、若いスタッフのトラブルには進んで助けに入った。

そのスタッフの中に、20代半ばの日本人の女性がいた。麻莉子（まりこ）という名のその女性は、当時のニコルの印象を「働くみんなを、お父さんのように見守ってくれていた」と振り返っている。5年の後に結ばれることを、まだ二人ともその時は知らない。

良心に従って証言

パイプライン施設をめぐって、事態が大きく動いたのは、ニコルがカナダへ戻った1976年のことだった。

ある朝、騎馬警察隊の警官が、ニコルのオフィスに入ってきた。

「ミスターC・W・ニコル？」。彼は硬い口調でそう確認すると、青色の書類を手渡した。裁判所への出頭命令だった。

自分は何をしたのだろう？　酔っぱらって通りで歌ったことか？　からんできた不良の一団をたたきのめしたのは、2、3カ月前だったが。

警官は、用件を終えると、にこりともせずに去って行った。ニコルは、不安のままに、もう一度召喚状に目をやった。

「あれ？」。それは、ニコルが酔ってはめをはずしたこの町、バンクーバーの裁判所からではない。北の州都イエローナイフの名が記されているではないか。

ニコルが撮影した水島石油流出事故での回収作業

よく読んでみると、それは、計画中のマッケンジーバレー・パイプラインに関する特別査問会での証言を求めるものだった。しかも、それは反対派のイヌイット側からの申請だった。計画地の生物調査を行ったのは、2年近くも前のことだ。

そういえば、あの頃、若い女性科学者が訪ねてきて、聞かれたことがあった。

「あなたが調査された水島の石油流出事故、あれと同じことがこの地で起きたら、その浄化は可能でしょうか」

あの時、ニコルは即座に「NO!」と答えたのだった。条件の悪い厳寒の地では、カバーする面積が広すぎるし、スタッフも設備も欠けている。

「その件について宣誓できますか」

「もちろんです」

そんなやり取りをした。真実について目を背けないのが、ニコルの生き方だった。

政府の役人であるニコルが、パイプライン敷設に反対するイヌイット側の証人として出廷するという話は、政府を慌てさせた。

2日後に首都オタワに呼ばれたニコルは、政府側弁護士や官僚、政治家に囲まれて、計画の障害となる証言をしないように迫られた。しかしそれは、ニコルの反骨精神に火を付けるだけだった。

「あなたたちが、今やっていることは、証人を脅してるんだよ。法律違反もいいところだ。私は、法廷のルールに従い『真実のみを述べる』だけです」

ニコルは、その通りに法廷で証言した。

政府側の弁護士は、「流出事故は、必ず起こるものなのか、その規模は?」と、ニコルに迫った。事を矮小化(わいしょう)しようという意図が露骨だった。「そうした推測は、私の専門外です」。ニコルは、最後まで挑発に乗ることはなく、真実のみを述べて法廷を出た。

この時の判事は、トーマス・バーガー判事だった。数カ月後、彼は判決を下した。

「パイプラインの建設は、今後10年間中止する」

その後、計画は再開されたが、環境保障や土地買収などで難航するうちに、北米でより安価なガス資源が発見されたこともあり、立ち消えとなっていった。

　判決は、イヌイットと先住民族の権利を守るものとして高く評価された。神秘の地北極に生きる、全ての生き物を守るものでもあった。しかし、それはまた政府の役人でありながら、良心に従ってイヌイットの側の証人に立った、ニコルの役人生命を絶つものでもあった。

　あの時、法廷を出て灰色の空を見上げたニコルには、遠く1羽のワタリガラスが目に入った。ピリオド。ニコルの北極での活動が終わったのだ。

生きている証し、小説に求め

　査問会で、パイプライン敷設に反対するイヌイット側の証人に立ったニコルは、カナダ政府での職を辞した。信念を通しての結果に、悔いはなかった。加えて、このところの北極を離れてのデスクワークに、嫌気がさしていたのだ。

　政府と離れたニコルに、民間の会社から招きがあった。「カンガード」。石油や化学薬品の流出事故の防止と浄化に当たる会社だった。仕事の内容は、これまでのニコルの調査が生きるものであり、報酬も良かった。しかし、デスクワークに変わりはなかった。それに価値がないわけではない。フィールドワークに引かれるニコルには、合わないのだ。

北極でのフィールドワークは、今のニコルにはもうない。友人たちと始めたレコーディング・スタジオで過ごす時間や、週3回空手道場で汗を流す時間が、せめてもの慰みだったが、心は鬱(うつ)状態に沈み込んでいった。酒が抜けない生活となり、自殺を恐れてショットガンを棚にしまい込み、鍵をかけるまでになっていた。

そんな中で、小説を書くことがニコルに残された光だった。自分が生きていることの証しを作品に求めたのだ。

谷川雁との出会いによって、ラボ教育センターから出版された『たぬき』は好評で、次の作品作りへとつながっていた。エチオピアでの体験を書いた『ＦＲＯＭ　ＴＨＥ　ＲＯＯＦ　ＯＦ　ＡＦＲＩＣＡ』は、ニューヨークとイギリスで出版された。谷川への「私は作家です」のあいさつのもとになった一冊だった。１９７２年、まだ役人生活をしていた時のことである。75年には、日本での空手修行をまとめた『ＭＯＶＩＮＧ　ＺＥＮ』も出版された。

北極探検から離れて、作家への道を進む。そのためには、どうしても乗り越えていかねばならない作品があった。19歳、ピーター先生との2度目の北極行きから生まれた『ティキシィ』だ。何度書き直しただろう。何度出版社へ送っただろう。その都度、にべもなく送り返されてきたのだ。

18年の苦渋の歳月が流れた今、ニコルはこれを最後と定めて作品の書き直しに入った。77年冬の初めのことだった。場所は、友人が貸してくれたカナディアン・ロッキー山脈にある山小屋だった。

ランプの明かりを頼りに、持ち込んだ草稿の一枚一枚を読んでは、まきストーブに投げ込み燃やしていく。そうして、全ての草稿を消してから、新しい原稿を仕上げたのだ。

この時のことを、ニコルは和訳した松田銑に「あの時私はそれまでの言葉を全部捨てた。そしてぎりぎりの言葉だけで、この遺作になるはずの作品を書いた」と語っている。

新生の『ティキシイ』は、78年にカナダとアメリカで、翌年日本で出版され、大きな反響を呼んだ。ニコルの最初の長編小説である。それは遺作ではなく、作家としての確かな出発の一冊となった。

捕鯨への偏見に挑む

『ティキシィ』で作家への道を開いたニコルは、次の作品へと向かった。日本の捕鯨を扱う歴史小説である。

捕鯨は、最初のカナダ政府役人時代に監視官として関わりを持っている。日本の捕鯨船第十七京丸にも乗って、イヌイットの猟にも通じる、生き物への畏敬と、長く培われてきた技能の高さを体感していた。ところがこの当時、世界には捕鯨反対運動が広がっていた。捕鯨国日本への批判は、虚実織り交ぜて激しさを増した。

「日本の捕鯨船は、出合った鯨を次から次へと殺している」「日本の捕鯨船が、最後のシロナガスクジラを殺した」

ニコルは、これがうそであることを知っていた。赤ちゃん鯨やその母鯨を日本の捕鯨船が捕獲することはない。シロナガスクジラは保護されており、日本の捕鯨船は、どこの国よりも、そのルールを守っている。捕鯨に関わってきた者として、この間違った批判には黙っていられない。

日本からの反論の弱さも歯がゆかった。ニコルは、カナダの新聞に、捕鯨反対の団体がいかに事実を知らないか—との意見を載せた。しかし、動物保護を訴える団体の勢いは強く、かえってニコルは攻撃対象とされ、激しいバッシングを受けることになった。それでも、屈せずに行動するのがニコルだ。バンクーバーの日本領事館へ手紙を書いた。

「私は、水産学の専門家です。捕鯨反対の運動が激しさを増し、事実に基づかない攻撃がされています。しかし、カナダには、日本の捕鯨に対して親しみを感じている人々もいます。イヌイットや北極に住む人々がそうです。私の友人たちです。反論しましょう。どうぞ、私を利用してください」

仕留めた鯨の解体作業が進む船上。自らの実態調査から、ニコルには日本の捕鯨への誤った批判がどうにも見過ごせなかった

しかし、日本領事館からの返事はなかった。そうしている間にも、日本の捕鯨への攻撃はますますひどくなっていく。小学校では、「日本は鯨を殺しているひどい国だ」と、平気で子どもたちに教える教師さえ出てきた。

「こんなうそを子どもに教えてはいけない」。ニコルは学校へ出向いて抗議し、「私に日本の捕鯨について、子どもたちに話させてもらえませんか」とも頼んだ。

校長は「そんなことはできない。時間もない」とニコルの願いをはねつけた。当時のカナダのほとんどの人がこのような状態だったのだ。

日本の捕鯨に対しての偏見は、根深

く広がっている。簡単には払拭できない。声高な反対運動に押されて、日本からの反論はほとんど聞こえてこない。

相手の歴史や文化を理解しなければ、捕鯨も含めて本当の理解にはつながらない。今の自分にできることは、文学という形でそれを伝えることではないか。それを読み、偏見を捨てる理解者が増えていくかもしれない。それにしても、今の知識だけでは足りない。「日本へ行って、もっと捕鯨について学び、小説にするのだ」。ニコルは、そう決意した。

伝統守る捕鯨の町・太地へ

日本に行き、捕鯨小説を書く——。ニコルの決断を、家族はもちろん、友人たちもことごとく反対した。「カナダでの生活はどうなるの?」「たった一人で何ができると言うのだ」。それでも、ニコルの意志は変わらなかった。それを理解するのは難しく、家族や友人は去っていった。

カナダでは孤立無援となったニコルが頼りにしたのは、和歌山県太地(たいじ)町の知人だった。出会いの場は、1975年、沖縄海洋博だった。太地の水族館学芸員の柳沢践夫(ふみお)と、背古(せこ)芳男町長の二人が、海洋博のカナダ館を訪れたのだ。捕鯨の展示を興味深く見て、質問をする二人に対応したのが、副館長のニコルだった。

太地町には、江戸時代の初めから続く捕鯨の港がある。ニコルは、二人を別室に招いて、興味深く話を聞いた。別れ際に、賓客に渡す石作りの箱を手渡すと、その箱のふたに彫れたサケの模様に、背古町長が声を上げた。

「私の父は、カナダでサケの漁師をしていたのです」。カナダと日本の距離が一気に縮まり、ニコルと二人は、その後も連絡を取り合う友人となったのだ。

78年10月、カナダを発ったニコルは、背古町長の招きで和歌山県の太地に向かった。太地は、紀伊半島南端に位置する漁師町である。その名は、江戸時代初期からの捕鯨によって、広く知られていた。和式の突き取り法は、明治時代に入ると西洋式捕鯨法に取って代わられたが、太地では伝統を守りながらの小型捕鯨が続いていた。

ニコルが太地に向かう9年前の69年には、「くじらの博物館」が開設されて、千点に及ぶ資料が展示されていた。昔の捕鯨の様子を伝え聞いている漁師も生存している。捕鯨の歴史小説を書くには、絶好の地だったのだ。

町では、庁舎から100メートルほどのところにあるアパートを紹介してくれた。ニコルの手元には、今回の執筆を支援してくれる「日本カナダ学会」からの3千ドルがあったが、他に収入の道も持たず、売れるとも知れない小説を書き続けていくには、町の協力はありがたかった。

港からの細い道をたどると、寺を過ぎた丘の上に、水族館学芸員の柳沢の家がある。柳沢は、料理上手の妻と共に、ニコルを気持ち良くもてなしてくれた。初めての土地で、アパートの一人暮らしとなったニコルには、何よりもありがたいことだった。

調査と取材は、1年に及んだ。ニコルは、北極での調査でも、フィールドワークを何よりも大切にしていた。それは、小説の執筆でも同じだった。現地へ何度でも足を運び、自分の身に入り込んでくるまで取材を重ねる。博物館へは「毎日熱心ですね」とスタッフに言われるほどに通いつめた。漢字で書かれた史料は、日本人でさえ難しい。ニコルは、何時間もかけて1ページを読み解いた。

日本永住を決心

和歌山県太地町での取材ノートは、いつしかトランクいっぱいにたまっていった。こうして捕鯨の歴史を頭に収めたニコルは、民間漁業会社の協力を得て、南極海に向かった。そこには、捕鯨母船の「第三日新丸」が操業していた。ニコルが、小説『勇魚(いさな)』の草稿を書いたのは、この船上だった。まさに、鯨と漁の男たちの血と汗が飛び散る現場で、作品は仕上がったのだ。

『勇魚』の出版までは、それから7年を要するのだが、日本を含む世界6カ国での同時出版となった。扉には、「船長にして砲手　庄子峯雄さんに捧げる」と記した。26歳の「第十七京丸」での出会いを、ニコルは忘れることなく大切にしていたのだ。

１９８０年4月8日午前2時、ニコルが乗った「第三日新丸」は、南極海から帰還して、大島の近くを航行していた。英字原稿５２０枚に及ぶこの作品の最後の1行を書き終えたニコルは、まだ夜が明けぬ甲板に出た。書き上げた興奮で眠れそうもない。空には星が瞬き、波頭がかすかに光る。

潮風に包まれたニコルは、二つの決心をしていた。一つは、沖縄海洋博で出会った麻莉子と再婚すること。もう一つは日本に永住することだ。

日本に着いたその足で、ニコルは黒姫へ移住していた谷川雁のもとを訪ねた。谷川は、ニコルが太地にいる間も、ラボ教育センターの仕事を回してくれていたのだ。センターは、71年に黒姫にサマーキャンプ場としてラボランドを開設している。78年に谷川が居を移してから、ニコルは何度も黒姫の地を訪れるようになっていた。

南極海から帰ったニコルの二つの決心を、谷川はいつも通り、いろり端であぐらを組んで聞いた。しかし、何か不満があるのか、いつにも増して怖い顔をしている。

ニコルは戸惑った。自分は谷川の気分を損ねるようなことを言ったのだろうか。「それで、日本のどこに住むつもりだね」と聞かれて、「迷っているのです」と答えたのだが。

正直、迷っていたのだ。サンゴ礁や食べ物、音楽や武術では沖縄が気に入っていた。北海道も、アイヌの人など多くの友人がいて、食べ物もおいしい。太地もいいのだが、狭い町での息苦しさと、東京への行き来に不便があった。かといって、東京や大阪など大都市に住む気は初めからなかった。

「黒姫では駄目なのか」。谷川の短いひと言には、怒りも感じられた。谷川はニコルを黒姫に呼びたいのだ。

「黒姫は好きです」。自然林が豊かで、冬には雪が多い。夏の間は野尻湖で泳ぐこともできる。ニコルは、恐る恐る「でも谷川さん、僕は海が恋しくなるのです」と答えた。

「日本は島国だよ。どこにいたってすぐに海に出られるさ」。その通りだ。黒姫からほんの1時間ほど車を飛ばせば、日本海に出られる。

「黒姫に住みます」。ニコルが決心すると、ようやく谷川の怖い顔が崩れて笑みが浮かんだ。

第九章　黒姫の地に導かれ

雪の中、盟友と初対面

1980年10月、ニコルは黒姫に居を移し、麻莉子と結婚した。俳人小林一茶の生まれたその地が、雪に埋まり始める11月のことだった。立会人は、谷川雁が務めている。ニコルを愛し心配し続けた母メアリーは、4年前に亡くなり、父ジェームスはニコルの勧めもあり、再婚していた。

麻莉子は、絵画と作曲で豊かな才能を持つ女性だった。ニコルも、少年時代から聖歌隊に所属し、カナダでは録音スタジオを持つほどに音楽を愛していた。そんな二人だから、沖縄海洋博の後も交流が続き、やがてニコル作詞、麻莉子作曲による歌が生まれるまでになっていた。

79年、第17回ヤマハポピュラーソングコンテストに応募したその曲『りんごの木にかくれんぼ』は、全国入賞を果たした。カナダのロッキー山脈の谷間で、ダムに沈んだ美しい村に思いを寄せた歌だった。

「りんごの木にかくれんぼ　大人はさわいでも聞こえないよ」と歌い出し、「魔法の国へとんでゆこう　誰も知らない所へ（中略）僕は王様になるだろう　みんな幸せにするために　宝物を与えてやろう　どんな宝物がいいかな　お金や宝石いっぱいか　そうじゃないよ　そうじゃないよ　やっぱり平和と愛情だ…」と続く。この曲は、大手企業のコマーシャルソングとして採用されヒット曲となった。

その後も麻莉子は才能を発揮していく。自作の絵画「芳泉荘の桜」は、ロンドンの日本大使館に収蔵され、後年、大使館を訪れたニコルが、「これは僕の妻が描いた絵です」と話し、周りの職員を驚かせたことがある。ニコルは「ぼくはずっと君のファンだよ」と、生涯彼女の芸術活動を励まし続けた。

さて、ここにもう一つの出会いがある。ニコルが黒姫で最初に住んだのは、現在のしなの鉄道北しなの線と野尻湖の間にある茅葺きの民家だった。空き家となっていた農家を借り受けたのだ。

この年は記録的な大雪だった。ひと晩で80センチも積もったこともある。

ニコルは、日本の雪かきや雪下ろしの習慣を知らない。隣に住む大家は、「雪下ろしをしなかっちゃ！ずくなし」と、叱る。

借りたばかりの農家で屋根の雪下ろしに追われる

「ぼくは、小説を書きにここへ来たのに、雪ばかりかいているよ」。ニコルは、谷川に愚痴を言うのだった。丸2日かけて屋根の雪を下ろせば、次の日にはまた新しい雪が積もる。その冬、ニコルは12回も雪下ろしをしたのだった。

そのニコルの家に、郵便配達員が訪ねて来た。最初の配達だったので、ここで良いのかと、まだ雪の積もったままの玄関先でのぞき込んでいる。それを目にしたニコルが、雪をかき分け郵便物を取りに出た。

「まあず、はだしのような格好で、びっくりしたよ。熊のようさ」

配達員は、冬の間だけ配達を請け負う松木信義だった。普段は林業と建築基礎の仕事をしている。二人はその後、森づくりのパートナーとして、固い絆で結ばれることになる。

人間と熊が共に生きる森

ニコルが黒姫に住んだのは、その自然に魅了されたからだ。北信濃に位置するこの地は、谷川を渡ればもう新潟県妙高になる。標高2053メートルの黒姫山が妙高山と並び立ち、斑尾、戸隠、飯縄の3山を加えた北信5岳が里を囲んでいる。

雪は深いが、春になれば恵みの水となって田畑を潤す。緑が一斉に芽吹き、桜やコブシの花が色を添える。春の山菜と秋のキノコは、この地に住む人々の楽しみとなっている。

黒姫の森は、ニコルが生まれ育ったウェールズの森とは違っていた。木の種類もそこにすむ動物も、黒姫の方が圧倒的に多いのだ。何よりも、ここ黒姫には熊がいる。ニコルは、子どもの頃から熊が大好きで、動物園では夢中になって見ていたものだ。

この地の自然をもっと知りたい。鯨のことを知るために、捕鯨船にも乗ったニコルだ。

山を知るなら山の猟師に聞くのが一番だ。早速地元の猟友会に入れてもらった。

地元の猟師たちは、この風変わりな外国から来た男を快く受け入れてくれた。山と狩猟が好きだという一点で結ばれている仲間なのだ。その中には、あの郵便配達員、松木信義もいた。

夜中に木の陰から顔を出したツキノワグマ

かと言って、猟友会の仲間たちはニコルを特別扱いはしない。新入りは「勢子（せこ）」という役割に当てられる。横一列に並んで、谷の底から「ほい、ほい」というかけ声と共に手にした棒を木の幹に打ちつけ、獲物を追い上げるのだ。驚いた獲物が、斜面を駆け上がると、待ち受けていたベテランの猟師が銃で仕留める。ウサギが多かった。

休憩時間になると、火をおこしスギやカラマツの乾いた枝を燃やして湯を沸かす。捕れたウサギの腸を雪の中にかき出し、短い枝に巻き付けると、塩を振り掛け、火であぶる。新鮮でイカのような味がして、とてもおいしいのだ。

やがて雪をいっぱいに詰め込んだやかんが、火の上でシューッシューッと音を立て出す。お茶が入ると、誰ともなく持参したおにぎりを取り出し、昼の時間となる。

それは「物語」が始まる時間でもあった。猟の成功や失敗、熊との格闘が面白おかしく語られる。時にはニコルも、北極やエチオピアでの狩りの話をした。みんなが、それぞれの「物語」を分かち合うのだ。

ブナやナラの大木が立ち並ぶ森は、まさに物語の舞台だった。春まだ浅い雪の上には、ウサギを追うキツネや、山キジが飛び立った羽先の跡まで見てとれた。もちろん、熊の足跡も多い。実際に狩りの途中で熊の姿を見ることも度々だった。

猟師たちがそうであるように、ニコルも極度に熊を恐れることはない。熊も人間を恐れているのだ。相手を刺激しない自然な振る舞いが大切だ。

ニコルは、熊に出合うと少年時代の胸の高まりがよみがえった。しかもここは、動物園ではない。人間と熊とが、共に生きている森なのだ。

急速に消えた天然林

翌年、再び同じ森を訪ねたニコルは、変わり果てたその風景に言葉を失った。

森の静けさを一人で楽しみ、熊の写真を撮るつもりだった。ところが、周囲に木々は見当たらず、切り株ばかりが墓石のように並んでいるのだ。最初は道を間違えたのかと思った。周囲の山を見回してみれば、確かにここは昨年訪れた森だった場所に違いない。

ニコルは、切り株に降り積もった雪を払い、年輪を数えてみた。樹齢300年から500年ほどにもなる。その古い大木が、わずか数本を残して消え去り、森をすみかとした動物も去ってしまったのだ。

猟友会の仲間とここで狩りをしてから、1年の間に何があったのだろう。ニコルは、谷川雁との英語テキストの作成や、自分の著書の出版にと、黒姫と東京を行き来しながら忙しく過ごしていて、猟友会の仲間と話す暇もなかったのだ。

「いつ切られたの?」「あれから数カ月後さ」「誰があんなことを」「決まってるじゃないか。政府の指示さ」。ニコルは、信じられなかった。ブナやナラの大木が育つ天然林は、日本の宝だ。その伐採を政府が先頭に立って進めるなんて。

切り倒された古木の年輪を数えるニコル

しかし、それは本当のことだった。日本に古くからあった天然林が急速に消えているのだ。

まず、戦時中に物資を提供するために広範囲に伐採が進められた。戦後は復興の資材として大量の木が必要とされた。はげ山となった場所には、成長の速いスギやヒノキが植えられた。これらの針葉樹は建材に使われ商品価値も高く、価格が急騰して大造林ブームを招いたのだ。

悪いことに、１９７０年代からエネルギー源が、薪や木炭から石油に代わっていた。森へ入る人の数がぐっと減った。

80年代に外国から安い木材が入り出すと、割高な国産材には目が向けられなくなった。植林されたスギやヒノキは植えっぱなしとなって、荒れた山の風景があちこちに出現することになる。

さらに追い打ちをかけたのは、80年代のバブル景気だ。ゴルフ場やレジャー施設建設のために、大型重機が森を押しつぶしていったのだ。それは、黒姫でも同じだった。82年の夏、樹齢400～500年のブナやナラの大木が切り倒され、伐採された木を運ぶトラックが行き交うようになった。

熊たちも生活の場を奪われた。食料となる果実や小動物が消えたのだ。その年、里へ下りた子熊を含む13頭が、わなで捕らえられたり銃で撃たれたりした。畑を荒らし、人家の生ごみを掘り出す害獣として危険視されたのだ。

ニコルは、熊たちが無残に殺されていくのに胸を痛めた。人間が生活の場を奪ったのだ。エチオピアで見た、焼き畑による森林破壊の光景がよみがえった。

決意の公開質問状

このままでは日本の森林が危ない。それをどれだけの人が知っているのだろうか。

ニコルが日本へ空手修行に来た当時、疲れ切った心身を再生させてくれたのが、道場の先輩たちが連れて行ってくれた長野県北部のブナ原生林だった。ニコルに生きた日本語を教えてくれたのが、東京で仮住まいとしていた東村山市秋津の里山を遊び回っていた子どもたちだった。

日本人は森と共に生きてきた。その森を、どうして自ら切り倒してしまうのだ。ニコルには、日本人がかつてない経済成長の波に取り込まれ、正気を失っているようにしか見えなかった。

山の問題は、木の伐採だけにとどまらない。木を切り出すために林道を造る。川の土手をコンクリートで固めて、何カ所も砂防ダムを造る。森林伐採が、洪水や浸食、地滑りを引き起こすからだ。やがて魚も姿を消してしまう。

「日本は環境自殺をしている。このままでは、日本に住む意味がなくなる」

思い詰めていく一方で、ニコルの作家活動は軌道に乗り始めていた。1981年には『日時計』が創作テレビドラマ大賞の佳作となり、83年に放映された。ニコルが生涯関心を持ち続けた「食」を題材としたエッセーが、雑誌「野性時代」に連載され、81年『冒険家の食卓』として一冊にまとまり発刊された。

黒姫での永住のために家を建てたのもこの時期だ。戸隠を水源として黒姫山麓を流れ下る鳥居川の近くに土地を買い、高床式にして屋根には雪が自然に落ちる勾配をつけた。資金面を支えたのは、ニコルの作家活動による収入だ。ニコルの名は、出版物と共に少しずつ世に知られるようになっていた。

スキーを履いて雪の山道を行くニコル

そんなニコルを、森林破壊を憂える仲間たちが頼ってきた。「マスコミで、自然破壊のひどい現状を世の中に知らせてくれ」「自分でやればいいじゃないか」とは、ニコルは言えなかった。簡単には意見を言えない土地の人間関係の難しさは、他所（よそ）から来たニコルにも察しがついた。それに、多少インパクトのある人間でなければ、マスコミも取り上げてくれないだろう。

岐路に立った時、心の声が命じるままに行動するのが、ニコルだ。自分がやらなくて、誰がやるだろう。森を守ることは、自分が大好きな日本を守ることなのだ。

86年2月、ニコルは林野庁長官宛ての公開質問状を意見広告として全国紙に掲載した。

「古木茂る天然林は大量に切り倒され、そのあとには単一種の針葉樹からなる植林がなされるものの、手入れもいきとどかないままに放置されているのが現状です」

質問状は、科学者としての洞察と、森の破壊に対する強い危機感に満ちたものだった。

最後は、「この国の自然と文化を、深く愛する者として、それが失われるのを見ることは、実に耐えがたい悲しみなのです」と結んだ。

やってきた担当官と真正面の議論

当時の林野庁長官は、秋田県出身の田中恒寿だった。新聞を開くと、長官宛て公開質問状が目に飛び込んできた。

「C・W・ニコルとは誰なんだ?」「黒姫山はどこにあるんだ?」。驚きと疑問に平静ではいられなかった。担当の職員大槻幸一郎を呼んで「これはいったいどういうことなんだ。現地へ行って調査し、このニコルという人物にも会ってくれ」と命じた。

この頃、林野庁は原生林伐採に関する幾つかの課題を抱えていた。知床、白神、屋久島、日本を代表する原生林に林道を通し、伐採と整備を進めようとするのだが、現地では反対運動が起き始めていた。なんとか説得して穏やかに事業を進めようとしているところへ、大手新聞を使っての、この公開質問状だ。扱いを間違えれば、各地の反対運動の火種が一斉に燃え盛りかねない。

林野庁の対応は、早かった。地元の営林署に実態調査を指示して、その結果から天然林の伐採に行き過ぎがあったことを認めた。2週間後には、長野県北部では今後天然林を守っていくことを明らかにして、現地への担当官の派遣も約束した。異例の対応だった。ニコルの公開質問状に、どれだけ神経を使ったかが分かる。

こうして、黒姫へ派遣されたのが、担当官の大槻だった。現地の雪が解ける6月を待ってのことだった。ニコルの案内で国有林の伐採現場に入った大槻は緊張していた。確かに林道の工事で山肌の崩れがあり、伐採の跡は無残なものもある。

「でもニコルさん、木を切って林道まで引っ張ってくるとなると、何もないというわけにはいかないのです」。一々を取り上げられたら、ほとんどの事業はストップしてしまう。しかし、それはニコルの受け入れられる説明ではなかった。

天然林は水源地でもあり、地中深く張り巡らされたその根が、土砂崩れも防いでいるのを知らないのか。林業の大切さは、分かっているが、それは今のような針葉樹だけを育てるものではないはずだ。天然林は、日本の生物遺伝子の銀行なのだ。多様な種類が育つ健全な森林の存在こそが、日本独自の文化をもたらしたのだ。このままでは、日本は深刻な危機を迎えることになる。

ニコルの主張と大槻の受け答えは、なかなかかみ合わず、議論は宿舎にまで持ち込まれた。気がつけば辺りはすっかり闇に包まれている。

「一杯飲んで、もう少し話をしようじゃないか」と切り出したのはニコルだった。

長官と同じ秋田で育った大槻は、酒は嫌いではない。酔うほどに、打ち解けた空気が生まれていった。

ギターを手にしたニコルが歌えば、官庁対抗の歌番組で優勝経験のある大槻も、「霧の摩周湖」を熱唱した。大槻が柔道をやっていることも、ニコルを喜ばせた。

「意見の違いはあるが、これからも付き合っていこう」。二人の距離は急速に縮まった。

日本の森を思う、同じ気持ち

現地調査とニコルとの面談を終えて東京に戻った大槻は、田中長官に早速報告を上げた。「彼の言うところに、よく分かる部分もあります。少なくとも彼は、うそはつかない男です」。大槻の報告には、ニコルの人柄に魅せられた興奮も入っていたのだろう。

「おお、俺も会ってみたいものだ」。田中長官も興味を示した。

ニコルが林野庁に招かれて、田中長官と直接話を交わしたのは、それから間もないことだった。長官もまた、ニコルの考えと人柄に引かれる一人となった。

「こうした感性を持った人に、ぜひ林野庁の技官たちへ話をしてほしいね」。実際にその後ニコルは何度か林野庁へ招かれ、林業講習所で話している。もちろん、意見の隔たりはあったが、お互いに日本の森を思う気持ちに違いはなかった。

当時の役所には、こうした懐の深さがあった。田中長官が、在任最後の年を迎えていたこともあって、思い切った判断ができたこともあっただろう。

大槻は、その後、長野営林局の局長として派遣され、やがてニコルが取り組む森づくりの良き相談相手となる。ニコルという人は、その少年のような一途さによって、出会った人を魅了し味方にしていく。大槻も、間違いなくその一人である。

一方、新聞に掲載された公開質問状は、大きな反響を呼んでいた。ニコルの意見を支持する手紙が、北は北海道の知床や東北の白神から、南は屋久島、西表島、沖縄のやんばるまで、日本中から届いた。その多くは、自分の地元にも危機に瀕(ひん)した森があるので、なんとかしてほしいというものだった。ニコルはできる限り要望に応えて現地に足を運んだ。

クマゲラやシマフクロウが生息する知床の森では、ミズナラの大木が切り倒されたまま地面に横たわっていた。屋久島では、1970年ごろまでに古い屋久杉が山の斜面から姿を消し、至る所で地滑りが起きていた。

反対運動は起きているのだが、伐採を止めるまでには至っていない。そこには、地元の政治家や業者が手を組んだ、「開発」という名の大きな力が働いているように思われた。

ニコルは、自分が憧れてきた日本の森が、日本人自らの手で破壊されていくことに大きなショックを受けた。

当時は、河川の汚染や光化学スモッグなど、経済成長の副産物としての公害が、大きくクローズアップされ、対策が急がれている時だった。森林破壊についても、世界のあちこちで問題となっていた。

ニコルは、かつて自然と共生して歴史を築いてきた日本だからこそ、森林の保護と有効利用について世界を導くことができると信じていた。しかし、目の前の森林破壊の現状は、その可能性を打ち砕いている。日本人は、変わってしまったのだろうか。

古里からの手紙が救いに

公開質問状によって、ニコルの名は全国に知られ、出版していたエッセーと小説もよく売れるようになった。しかし、それは森の保護というより、人間ニコルへの関心の高まりだった。権力におもねることのない率直な物言いと、自然と共に生きるライフスタイルが、高度成長の曲がり角を迎えて新鮮に映ったのだろう。

ニコルの胸中は複雑だった。彼のエッセーや講演を、「外国人が森の保護を売り物にしている」とまで言う心ない者もいた。訪ねて来た役人は、「地元の人々は動揺している。森についてこれ以上騒ぎ立てないでほしい」と、困惑の表情を隠さなかった。

ニコルは、自分が置かれている複雑な状況を理解していた。売名行為と言われれば、自分の意思にかかわらず、そうなってしまった面はある。地元の森を守るための公開質問状だったが、事は簡単には進まないばかりか、出口は見えずうわさ話ばかりが行き交っている。傷つく仲間もいるだろう。

野尻湖から黒姫山を望むニコル＝1986年

目に見える悪に対しては、敢然として立ち向かうニコルだが、この日本的な絡み付くような状況には、徐々に気力が奪われていくしかなかった。

もう諦めるしかないのか。いっそ日本を離れた方が良いのではないか。鬱（うつ）状態となったニコルの酒量が増えた。

そんな時、ニコルを救ったのは故郷ウェールズからの手紙だった。

「南ウェールズの森に、あなたが住む黒姫の木を植えたいが、どのような木がいいだろうか。南ウェールズの気候に合った樹種を教えてほしい」

差出人は、南ウェールズのウェスト・グラモーガン州議会の議員M・G・カーン博士となっている。

ニコルは一瞬何のことか分からなかった。

「南ウェールズの森？」

そこは、ニコルが生まれた土地のすぐ近くだったが、森はほとんどなかったはずだ。炭鉱の地であり、ボタ山が並んでいる風景しか記憶にはない。川は汚れて、死んだように黒ずんでいた。森と緑には縁のない場所だったはずだ。そのボタ山の地に森を育てるのだという。

驚いたニコルは、すぐにウェールズに飛んだ。

そこには、少年時代のニコルには見たことのない風景が生まれていた。「アファン・アルゴード森林公園」と名付けられた森には、きれいな湧き水さえ流れ出ていたのだ。

「なぜ、こんなに美しい森が生まれたのだろう」

実は、森づくりは、ニコルの少年時代から始まっていたのだ。炭鉱によって、アファン・

アルゴードの森林面積は、わずか5％にまで減っていた。その地で、第2次世界大戦後に復員した3人の若い小学校教師が、森の再生への挑戦を始めたのだ。まず、10ヘクタールの荒れた土地を借りて、子どもたちと一緒に木を植えた。

若い教師たちを、森づくりへと突き動かしたものは、何だったのだろう。

森づくりで生まれ変わった町

炭鉱によって森が消えた地域で、植林を始めた3人の小学校教師の願いは、「仲間と協力すること」「ほかの生き物を大事にすること」「地元の歴史や生態系などに誇りを持つこと」「未来を信じること」だった。それは、戦争を経験した若い教師が、子どもたちに託す、これからの社会への願いでもあった。

アファン・アルゴードの森づくりは、小さな運動として続けられたが、ある悲しい災害を契機に広がりを見せることになる。アベルバンという村で大雨が降り、ボタ山が崩れたのだ。真下にあった小学校が押しつぶされ、100人を超える子どもたちが生き埋めになって死亡した。1966年のことだった。

村の子どもたちがほぼいなくなるという前代未聞の災害に、人々は悲しみ、崩れやすいボタ山を放置してきたことを悔いた。

アファン・アルゴードの森林公園

やがて、人々は悲しみと後悔の中から立ち上がる。

「先生たちが教えてくれた森づくりの大切さが、今、本当に分かった。ボタ山に木を植えるんだ」と。この森づくりは、南ウェールズ全体に広がり、5％だった森は60％にまで回復した。

現地を訪れたニコルを案内してくれたのは、森林公園のチーフレンジャー、リチャード・ワグスタッフだった。

リチャードは、ニコルを車に乗せ、1日かけて公園を回ってくれた。ボタ山の表面は見事な緑で覆われている。

「まず重機を使って傾斜を緩くし、熟成させた鶏ふん肥料を泥と水に混ぜ合わせて散布しました。そこへ、根を張る力のある草の種をまいたのです」

　リチャードは、緑の表土から伸びているカバやカラマツの木を指さして続けた。

「まず成長の速い木を植えたのです。空気から窒素を取り出して、土に戻す働きをしてくれます。だから彼らは『看護樹』と呼ばれています。土地を開拓して成長の遅い木を守り、やがて長生きする木に場所を譲ってくれるのです」

　木やさまざまな植物が成長するにつれ、肥えた表土が作られていく。植物が成長すれば、餌を求めてネズミ類やキツネにイタチなどの小動物がやってくる。森はさまざまな命でにぎやかになる。

　動物たちのふんの中から、ありとあらゆるキノコの胞子が目を覚ます。死んでいた土が、ゆっくりと生き返っていくのだ。

　谷が緑になるにつれ、澄んだ川の流れと鳥の歌声の競演が始まる。そうして、人が戻ってくる。緑豊かな安全な環境に暮らし、子どもを育てたいと思う人は多い。鉱山の廃止とともに寂れていた町は、森林公園のある観光都市として生まれ変わったのだ。

「アファン」、その意味は「風の通る谷」。日本に帰る時には、ニコルは自分が何をするべきか分かっていた。

「幽霊森」を整えることから

南ウェールズの荒れ果てていたボタ山が、緑の豊かなアファン・アルゴード森林公園として再生された奇跡は、ニコルに衝撃と希望を与えた。日本へ戻ると、自分がなすべき行動に移った。

「もう、文句を言うだけはよそう。この黒姫にあのアファン・アルゴードのような森を作るのだ」。1986年、ニコル46歳の決断だった。

折しもニコルは、鳥居川近くに建てた家が手狭になったので、近くの森を買って新しい家を建てる計画を進めていた。作家活動は順調で、雑誌と新聞に8本の連載を持ち、本も売れていた。ウイスキーのテレビコマーシャルの仕事も入り、タレントとしても活動するようになった。多忙となったニコルには、来客用のコテージも備えた少し大きな家が必要だったのだ。

ニコルが買った森は、太平洋戦争の後、満州から引き揚げて来た人たちのために、国が用意した土地だった。ところがそこは、開墾してもまともな作物ができるような所ではない。森林地を譲り受けた人々は、木を伐採して売ってしまうと、そのままに放置していたのだ。

ササが生い茂り、ブナなどは芽を出すこともできず、雑木やツタ類が絡み合う、うっそうとした森になっていた。ササや雑木を切り払い、道を開き、小さな丘に家を建てる計画だった。その作業をするには、作家やタレント業のスケジュールをこなすニコルは忙しすぎた。そこで頼ったのが、隣人から紹介された松木信義だった。松木なら猟友会で顔も知っている。

当時松木は、森林組合の山作業と建築基礎工事の仕事をこなし、その見事な仕事ぶりが評判になっていた。15歳から父親の炭焼きを手伝い、19歳で林業の仕事に就いている。ニコルより四つ年上、50歳のその時まで、ずっと森での仕事を続けてきた。森のことなら、なんでも知っている。

そうして、松木が持つ生来の好奇心や向上心が、林業の技を磨いてきたのだ。

「そんなもん、わけねえや」。ニコルの頼みに、松木は短い返事をした。およそ6反歩（約6千平方メートル）の雑木処理だ。

その地は、ササやツルが絡み合って「幽霊森」と呼ばれていた。ところが、それからしばらく黒姫を留守にしていたニコルが戻ってみると、まだ手が付けられていない。

「何もやってないじゃないか」。ニコルに呼びつけられた松木は、自分の仕事の忙しさを言い訳にせず、「悪かったな」と、それから4日もかけずきれいに刈り切った。

「大した仕事ですねえ」。目を丸くしたニコルは、その仕事ぶりにほれ込み、「どうか、

整備を始めた頃のアファンの森の入り口＝ 1988 年

僕の森づくりに協力してくれませんか」と、頼み込んだのだ。

　森を買うにも整備するにも資金がいる。ニコルは、すでに進んでいた新しい家の建築を中止して、その資金を「幽霊森」買い取りのためにつぎ込んでいった。


　松木信義をパートナーに、黒姫の地でアファンの森づくりが始まった。

　ニコルに迷いはなかった。これが、大好きな日本を救うために自分ができることなのだ。人から見れば、なんの実利もない、理解に苦しむ行為かもしれない。しかし、いつかこの森から、日本の森の再生が始まるだろう。

宮沢賢治に魅了されて

さて、アファンの森のその後の発展を見る前に、ニコルの作家・タレント活動について、時を少し戻しながら見ておこう。それは、森づくりを支える資金と人との出会いにつながっているからだ。

谷川雁との英語テキスト共作は、「古事記」の幾つかの神話を取り上げ、好評だった。勢いに乗った谷川は、「今度は宮沢賢治の作品に取り組もう。これは大プロジェクトになるよ」と、言い出した。

ニコルは、宮沢賢治の作品を読んだことがなく、その名前さえ知らなかった。しかし、作品を読み始めると、ニコルはたちまちそのとりこになった。

『注文の多い料理店』。日本には、ナンセンスを扱う芸術がないと、ニコルは不満だった。でも、ここに「ナンセンスの神髄」とも言うべき作品があるではないか。

翻訳作業のために、ニコルは自転車で森の道を抜けて、谷川の家へと通った。雪の日には、クロスカントリー用のスキーを使うこともあった。

2階の低いテーブルを囲んで作業をするのだが、部屋の窓からは、遠く野尻湖の向こうに、雄大な斑尾山が見えている。

ニコルは、声を出して賢治の文章を読み、英語でも同じ長さと息継ぎになることに、一番の心血を注いだ。賢治の文章のリズムを伝えなくては、彼の文学の翻訳にはならない。どの作品についても、何通りもの翻訳案を出し、谷川との議論によって一つに決めていったのだ。

妥協のない厳しい作業だったが、賢治の作品が言葉を換えて再生する、感動の時間に浸ることができた。

黒姫には、賢治の作品と向き合うのに大きな利点があった。岩手山と黒姫山、同じような山をいただき、作品の舞台となる森が広がっている。

『かしわばやしの夜』を訳している時には、「本当にカシワの林がこだまを返すのか試してみようや」と、谷川が言い出して、そろって大きな声を出したこともあった。黒姫のカシワ林から、こだまは確かに返ってきた。こうして、宮沢賢治は、ニコルが一生をかけて付き合う日本の作家となった。

その頃、ニコルはとても鮮明で記憶に残る夢を見た。それは、透明な大気の中に風を見ることができる少年の夢だった。

夢の中で、少年は空を飛んでいた。目が覚めたニコルは、急いで夢の断片をノートに走り書きしていった。

しばらくして、そのノートを見返したニコルは、ローマ字が並んだその文章が、英語ではなく日本語であることに気づいて驚いた。自分は、初めて日本語で作品を書こうとしていると。

夢に現れた空を飛ぶ少年をモチーフにした小説は、ニコルの初めて日本語で書いた作品となった。１９８３年『風を見た少年』として出版された後、２０００年にはアニメ化され、アジア太平洋映画祭でグランプリを受賞している。

広がる活動と友人の輪

森づくりを始めた１９８６年からは、著書の出版が続き、年に10冊を超えることも珍しくなかった。マスコミへの露出も増えた。俳優の渡辺文雄のトーク番組に呼ばれて対談をしたのも、この頃である。

食文化を大切にする二人は、気が合った。ニコルは、11歳年上の渡辺を「日本の兄」と呼んで慕い、渡辺もニコルを弟のようにかわいがった。

ニコルは、人の良さと忙しさから、講演の依頼が来ればなんでも引き受けてしまう。そうして、忘れていて慌てたり、ダブルブッキングがあって頭を下げたりすることが、一度や二度ではなかった。

そんなニコルに、「俺の事務所に入れ。電話代だけ出せば、スケジュール管理をしてやるよ」と声をかけたのも渡辺だった。そうして、ニコルのマネジャーに付いたのが、入社間もない森田いづみだった。

森田が目指していたのは、イベントやテレビ番組のプロデューサーだった。そんな森田に、上司が「プロデューサーへの近道は、マネジャーをやって現場を回ることだよ」と、ニコルのマネジャーに付けたのだ。

森田の仕事ぶりは、ニコルを安心させるものだった。ほどなく森田は専属のマネジャーとなり、ニコルの多岐にわたる仕事を常に支えることになる。35年に及ぶ伴走は、仕事を超えた同志と言ってもいいだろう。今、アファンの森の事業を受け継いだ森田は、遺されたニコルの意志と共に、なお伴走を続けている。

そんなマネジャー森田の存在を、「彼女のガードと助けがなかったら、とてもニックは日本という頑迷固陋な官僚社会の中で自分の夢を果たせなかったろう」と評したのは、ドラマ「北の国から」で一時代を築いた脚本家倉本聰である。

倉本とニコルとの付き合いは、「森を歩いていたらばったり出逢い」40年に及んだ。作家たちの環境保護活動に共に参加し、大手食品メーカーのコマーシャルでも共演している。

1986年2月に新聞の意見広告で発表した林野庁長官への公開質問状を機に、黒姫に派遣された職員の大槻幸一郎がニコルと意気投合していった経緯は既に述べた。よき相談相手となった大槻は今、アファンの森財団の副理事長として、ニコルの願った森づくりの継承者となっている。

有名になっても、少年のような純粋さを失わず、それゆえ少し危なげな生き方をするニコルの周りには、生涯にわたって交流を深め、力となっていく友人たちが集まってくるのだ。

歌手の加藤登紀子も、その一人である。80年代の初めに、ニコルが作詞した『りんごの木にかくれんぼ』がヒットしていた頃、コンサートで出会った加藤は、黒姫へも何度か訪ねて、ニコルの活動への協力を惜しまなかった。

「ニコルさんの身体には、いつも生きる楽しさがいっぱい。それをつぶすものへの怒りもいっぱい溢(あふ)れていました」と回想している。

2013年1月、宮城県東松島市を訪れた際、親しみを込めて肩を組む加藤登紀子とニコル。東日本大震災の後、ニコルは甚大な津波被害に遭った東松島の森の再生や森の学校づくりに尽力。加藤は移転新設された中学校と小学校の新たな校歌を作り、地域の子どもたちの支えに手を携えてきた（写真提供・トキコプランニング）

第十章　森を育てる

森を購入、二人三脚の整備

多忙を極める作家とタレント活動を資金的支えとして、ニコルの森づくりは少しずつ進み始めていた。

まず、7600平方メートル（サッカー競技場くらい）の森を購入した。家の新築を予定していた敷地に隣接する森だった。この森を開発業者が買い取ろうとしているといううわさもあり、急がねばならなかった。

買い取った森は、雑木やササ、つる草の絡まる「幽霊森」だ。陽が入り、風が通る森にするには、大変な労力がいる。ニコルと松木信義による二人三脚の作業が始まった。

ササが茂っていた部分は、3年かけて刈り尽くし、自然に草や木が芽生えてくるのを見守った。ササは根をはびこらせ、殺菌作用もあるので、他の生物の繁殖を抑えてしまうのだ。

ササの中に鳥の巣があれば、ヒナが育つまで待っての作業となる。ササを刈った跡地からは、12種類の木が生えてきた。その中で、残したい木に、印となる棒を立てていく。

混み入ったカラマツ林は間伐して、将来の木材としての利用を考え、枝打ちをする。杉林もやはり間伐と枝打ちをして、空いた部分に広葉樹のカツラやコナラを植える。そこではコナラはうまく育たず、カツラだけが残り、カツラと杉の混交林となった。土壌によっては、ブナの苗木を数百本植えることもある。

　こうして年月をかけて整備した森には、動物たちも戻ってくる。動物たちは、森を健康にしてくれる。例えば、体長15センチほどしかないシジュウカラだが、1年の間に、ヒナに与える分も含めて、1羽が12万5千匹の虫を捕るともいわれる。昆虫が増え過ぎるのを防いでくれるのだ。森の健康管理に、小鳥たちの存在は欠かせない。


　植物と動物にとってすみ心地のよい森をつくるには、「何を残すか。何を植えるか」その都度の判断が必要となる。下草刈り一つとっても、ただ刈り取るわけにはいかない。残す幼木を傷つけないように、注意深く進めるので時間もかかる。

　ニコルと松木は、森と対話するように、二人三脚での整備作業を進めていった。そう言っても、最初から息が合っていたわけではない。

「まあず、こっちも仕事があって忙しいっつうに。ニック（ニコルの愛称）はそんなことは知らねえから、俺が行かねえと、一人で木を切り倒しちまう」

　当時を回想する松木は、苦笑して続ける。

「ニックは、何使って切ったと思う？　斧(おの)だよ。ど太い木も、斧で倒すんだぜ。それも、倒した木は、てんでバラバラあっちこっち向いてるんだ」

長く林業の仕事をしてきた松木にとって、倒す木を同じ方向に寝かせるのは、常識だった。そうでなければ、運び出すのに厄介でかなわない。チェーンソーを使わず、力任せに斧を打ちつけるのにもあきれた。しかし、これにはニコルなりの流儀があった。

第十章　森を育てる

森の中で語らう松木とニコル

森づくりの師匠

木を切り倒す前には、その幹に手を置き、許しを請うのがニコルの流儀だった。これは、イヌイットが動物の命を絶つ時に、その魂を一生背負い続けるという精神に通じている。そうして、斧か、のこぎりを使うのだ。チェーンソーの方が効率がいいのは分かっているが、あのけたたましい音が好きではない。神聖な森の静けさを破り、木々の生命をかき乱す気がするのだ。だからといって、これを人にも求めるようなことはしない。何よりも松木の作業には蓄積された知識と技能があり、ニコルにとっては常に学びと発見の楽しさがあるのだ。

松木は15歳の時に、「リスは、あんなに堅いオニグルミの実をどうやって割るんだろう」と疑問を持ったという。自分なりに推理したのは、拾い集めたオニグルミが、芽を出し隙間ができた時に割るに違いないというものだった。

「オニグルミの実が、ポコッと割ってあったら、そいつはリスの仕業さ」。ニコルもそれを信じている。

山の中を歩く時、松木は落ちている枯れ枝一つも見逃さない。朽ちて落ちたのか、動物によるものか。人には見えない森のドラマが、松木には見えているのだ。

ニコルは松木から、森の知識と付き合い方を学んでいった。だが、真剣に聞いているニコルを、松木がからかう時もある。

薄茶色のかさを持つおいしそうなキノコを見つけたニコルが「これは食べられますか」と聞くと、松木は「ああ、食べられるよ」と何食わぬ顔で答える。ニコルが、みそ汁に入れようか、バター炒めにしようかと考えていると、「どんなキノコでも、一度だけなら食べられるさ」と、松木がつぶやくのだ。

それからは、見たことのないキノコを見つけると、ニコルは「これはイチドダケですか」と松木に聞くのだった。二人は、こんなやりとりを楽しめる仲になっていた。そうなるまでには、数年がかかった。松木はニコルの森づくりにかける願いを理解し、専属の森の番人となっていた。

さて、ニコルにはもう1人、森づくりの師匠がいる。「どろ亀先生」こと高橋延清だ。ニコルが高橋に初めて会ったのは、森づくりを始めたばかりの頃だった。京都で開催された、森づくりのシンポジウムに共に出席したのだ。

高橋は、1938年に北海道富良野にある東京帝国大学農学部演習林の助手になって以来、74年に退官するまで、36年もの間ずっと森の中での講義を続けた森林研究家だ。どんな偉い人にも「森について学びたいなら、森に来てください」と言うような、フィールドワークの人だった。

高橋の講演を最前列で聴いたニコルは、話に引き込まれ、時にくったくなく笑った。二人は、初対面でも、お互いの探求と実践が重なり合っていることがすぐに分かった。それだけではない。森で出合った同種の動物のように、同じにおいを感じ取ったのだ。

父親のような「先生」

親しい人々が「どろ亀先生」と呼ぶ高橋。現場第一主義でいつも泥に汚れ、ササ深い森の中を両手を左右にかき分けながら、ノロノロ歩く姿がどろ亀なのかもしれない。山歩きには、ポケットウイスキーをいつも携帯する、底なしの酒飲みを亀に重ねたとも言われている。どちらにしても、高橋への敬愛の念が込められている。ニコルと合わないはずはない。

ニコルはもちろん、「どろ亀先生」と呼んだが、高橋はニコルのことを、愛情を込めて「わたしのばか息子」とか「赤鬼」と呼んだ。日本の森を一途に思い、時に暴走するニコルを、父親のように見守ったのだ。

高橋の実践研究は、日本の森の危機と将来を考える人々に、大きな影響を与えていた。

真冬の森を歩く高橋とニコル

森は、地球の温暖化を、二酸化炭素を取り込むことによって救ってくれる。木材は、建物や家具に利用して人々の暮らしに活(い)かすことができる。この両立ができる、多様な樹木が育つ天然の森づくりこそが大事なのだ。

今では当たり前に聞こえるこの考え方を高橋が訴えだしたのは、高度成長期、国内産の木材がどんどんと切り出され、跡地にスギやカラマツなど針葉樹の植林が競って行われていた頃のことだ。

林野庁の、森林の成長量を重視する針葉樹による拡大造林の方針とも、真っ向から対立するものだった。

高橋がこの考え方に至るのは、ヨーロッパ諸国の視察を終えて、針葉樹人工林が必ずしもうまくいっていないことと、天然林を抜き切りして育てる「択伐（たくばつ）」での成長量が、針葉樹人工林にも負けていないことを知ったことにある。

帰国後、高橋は、それまで毎日のように北海道にある東京大学演習林の森に入って観察を続けてきた成果を、体系化した。

森にはトドマツ、エゾマツ等の針葉樹のエリア、ミズナラ、ヤチダモ等の広葉樹のエリア、その二つが交じった混交林のエリアなどがある。幼い木があるか、若い木、老木といった年代の組み合わせはどうか、樹木の本数・密度の差も見ていく。

こうした性格の違う林のグループを「林分」と呼び、それぞれが早く成長力の大きな活力ある林になるように、人間が手を貸すべきではないかというのが、高橋の考えである。それぞれの林がどういう方向に向かっているのかを見極め、その動きを助けるために必要最小限に人の手を入れていくのだ。「林分施業法」の理論である。

考えてみれば、日本人は昔から森と付き合ってきた。落ち葉や枯れ木を燃料として集め、木の実やキノコを採取する。材木として必要な木を切り出すこともあるが、ブナやナラの芽生えを利用して森を再生させてきた。

そこに針葉樹だけを植え付けていくということはしない。生活と森が密接に結びつき、それゆえに森は整備されていたのだ。

それが今は、燃料が石油・ガスに代わり、里山が使われなくなり、荒れた森が残ったのだ。ニコルが憂える「幽霊森」の出現だ。

「財団」の誕生

高橋の、森の各部分が持つ特性を大切に人の力を入れていく「林分施業法」の理論は、ニコルの森づくりに自信を与えてくれた。黒姫を訪ねた高橋もまた、「年を取って、僕には残された時間が少ない。だから僕の教えを実行してほしい」と、願うのだった。

ニコルは、高橋と松木、２人の森の師匠に恵まれて、森づくりに力が入っていった。時にはニコルと松木が、森の手入れの方法で意見が食い違い、高橋の前で激論になることもあった。

そんな二人の会話にも、「森づくりに何が大切か知っているかい。そうやって、議論しながら作業を進めることなんだよ」と、高橋は目を細めた。

こうして、ニコルの森づくりは着実に進んでいった。作家とテレビ・講演などのタレント活動で得た資金で、少しずつ買い広げた森は、いよいよ次の段階に入る時を迎えた。２００２年、森は正式な名前を得て、財団となったのだ。

森づくりは、１００年以上もの未来を見据えながら進めるものだ。自分の死で、途絶えることがあってはならない。そのために財団をつくり管理運営を委ねるというのが、ニコルの考えだった。そうはいっても、財団の設立は簡単には認められない。煩雑な申請手続きを粘り強く進め、ようやく許可が下りたのだ。

ニコルは、買い広げてきた森と、これまでの蓄えの大半を、財団に寄付した。財団の設立によって、財布の中身は軽くなったが、心は豊かだった。じっと待っていてくれた、本当の自分に巡り会ったような充実感があった。

さて、財団の申請には、正式名称がいる。それまでは、生まれ故郷ウェールズのアファン・アルゴード森林公園の名を借りて、「私たちのアファン」と呼んでいたが、それで通すわけにもいかない。なにか良い名前はないだろうか。

地元の地名は「赤谷地（あかやち）」という。谷地とは湿地のことだ。赤がつくのは、この地方特有の、鉄分を含んだ赤土に由来する。高橋が親しみを込めてニコルを呼ぶ時の「赤鬼」と似ているが、「赤い湿地」はイメージが良くない。森全体が湿地というわけでもない。

そんな時、申請先の長野県から提案があった。「森の名には、ぜひ『C・W・ニコル』の名前を使ってはどうか」と。「ならば、アファンというケルト語も入れてくれないだろうか」という、ニコルの希望もすんなりと受け入れてもらえた。

森の手入れに励むニコル

こうして、正式名称が決まった。「Ｃ・Ｗ・ニコル・アファンの森財団」の誕生だった。

財団の森づくりの理念は、「人手が入らず放置された里山を再生し、生物多様性に富んだ森として永久に守っていく」「樹木の成長や木の実、キノコ等の、森からの恵みを継続的に得られる、生産性の高い森をつくる」「森の樹種や生物種、人の利用や作業も含めバランスを常に意識する」ことにあった。

ニコルの夢が、その実現へと大きく動き出す。

森を守る人材育成に熱

１９８６年に林野庁長官へ公開質問状を出して以来、ニコルは森を守る環境保護の活動家として認知されていった。それは、ニコルに好意的な団体はもちろん、激しく議論を闘わせている政府機関にあっても同じだった。

環境庁（現環境省）の「環境と文化に関する懇談会」など、国や民間のいくつかの会へ委員として参加するようになった。一方、空手団体の顧問にも就任し、作家やタレントとしての活動も切れ目なく続いていた。目が回るような忙しさだ。その中で、「アファンの森」づくりを進めてきたのだ。

さすがにストレスがたまる。北極へ逃れたのは90年、50歳の時だった。自分を見失いそうなニコルにとって、本来の自分を取り戻すことのできる原点の地だった。

一人でカヤックに乗り、アザラシやホッキョククジラの海を行く旅は、ニコルの心身をよみがえらせてくれた。厳しくも静寂な大自然に包まれた時、締め付けていた人間社会の衣から解放されるのだ。

旅は、ニコルの人生にとって、なくてはならないものだ。若い頃の冒険心は、ニコルを世界各地へと旅立たせた。北極やカナダ、エチオピアはもちろん、インド、ネパールやミクロネシア、オーストラリアにザイールと、その辺境の地まで足を運んでいる。

そうして、人生の後半にさしかかった今、ニコルの旅は、日本での仕事やマスコミに追われる喧噪(けんそう)の日々を逃れるためだった。北極への旅は生涯続き、1年のうちの3カ月を北極で過ごすこともあった。

旧(ふる)くからの友人のいるスペイン・ガリシアも、お気に入りの地だった。海の近くのアパートを借りて原稿書きに集中し、日が暮れるのを待って、家族や友人とおいしい料理と酒を味わう。白夜の北極も、光に満ちたガリシアも、ニコルにとっては同じ癒やしの場なのだ。

こうして、バランスを保ちながらニコルの活動は続けられた。国の懇談会での主張はなかなか取り上げられることはなかったが、94年、一つの進展があった。国立公園のレンジャーなどを養成する東京環境工科学園が開校されたのだ。

当時、日本のほとんどの国立公園にレンジャー（自然保護官・国立公園管理官）は、たった1人ずつしかいなかった。全体でも120人ほどだ。しかも、専門の訓練を受けていない、普通の官吏がその職務に就いていることが多い。深刻な人材不足なのだ。

諸外国を見ると、カナダの人口は当時、日本の4分の1に過ぎなかったが、レンジャーは4千人を超えていた。アメリカ合衆国には、さらにその2倍もいた。

ニコルは、環境庁にレンジャーの増員を進言した。さらに、レンジャーと、野生生物のフィールドワーカーを育成する大学の創設を、と。

日本の陸地面積の67％は樹木で覆われている。94年当時、28の国立公園（国が管理）と、53の国定公園（都道府県が管理）があった。陸地面積の9％は国立・国定の自然公園なのだ。

この公園を管理していくレンジャーには、さまざまな知識と技能が必要である。緊急時の救出作業や応急手当ての技術。キャンプの設営や狩猟の技能。樹木や植物についての知識と実際の作業経験…。数え上げればきりがない。海外には、このレンジャーを養成する学校が設置されている国が少なくない。

現に、ニコルが公園長として務めたエチオピアでも、助手として就いた若者エルミアスは、タンザニアのムエカレンジャー・カレッジを卒業していた。

このレンジャー学校の卒業生は、アフリカ中の国立公園に散らばっていた。文化や宗教の違いにもかかわらず、卒業生は兄弟のようなつながりを持ち、野生生物の保護に身をささげているのだ。

日本は、さまざまな自然環境を体験できるし、治安も良い。レンジャー養成に適した国だ。にもかかわらず、そうした大学はなく、レンジャーの数も質も他国に遠く及ばない。森を守る人材が決定的に不足しているのだ。

レンジャーの養成が、日本の森の急速な荒廃を止める要となる。環境保護の懇談会へニコルが出した提言に、耳を傾けてくれる委員は少なかったが、環境庁の北川石松長官と、元上級レンジャーで当時は長官官房審議官だった瀬田信哉とが興味を持ってくれた。

少しずつ広がったニコルの提言に、共感してくれる団体もあった。民間財団の日本野生生物研究センター（現自然環境研究センター）だ。

「フィールドワーカーの育成は大切です。その専門学校を一緒に設立しませんか」と、連絡が入った。こうして94年、既存の建築専門学校を引き継いで、東京環境工科学園・東京環境工科専門学校が設立されたのだ。

当時、環境の勉強のための学校はまだ認められていない。景観設計は建築の範疇（はんちゅう）だったので、環境をそこに組み入れるという苦肉の策だった。

もともとは学校嫌いのニコルだったが、学園の運営が始まると熱が入っていった。そうして、何よりもフィールドワークを大切にした。その場を提供してくれたのは、ニコルが住む長野県の上水内郡信濃町だった。県農業大学校のフィールドセンターがあった場所を貸してくれたのだ。

フィールドワークの専門学校で実習の指導をするニコル

現場の森で学ぶべき知識や技能はたくさんあった。2年間の課程では足りないくらいだ。机上での学びに固執する学園関係者も少なくない中で、ニコルはフィールドワークにこだわり続けた。

学生たちは優秀だった。他の大学を卒業したり、社会人として活躍したりした後に、自分の進みたい道として環境保護を選んだ学生たちが多かった。

志は高く、学びの習得に努力を怠らない。卒業生は現在、国内はもちろん世界各地のフィールドワーカーとして活躍している。現在、アファンの森財団で事務局長として働く大澤渉もその一人だ。

「最も愛する」日本の国籍に

レンジャー養成学校としての東京環境工科専門学校が設立された次の年、１９９５年はニコルにとって人生の大きな転換点となった。日本国籍を取得したのだ。不備を指摘され突き返される書類を、その度にそろえ直し、何年もかけての申請がようやく認可された。黒姫に住んで15年、55歳になっていた。

新しい日本のパスポートでの、初めての旅行先はイギリスだった。ヒースロー空港で税関を通る時、ニコルは外国人の列に加わった。

入国管理の係官は、ニコルとそのパスポートを何度か見比べ、「イギリス生まれですよね。二重国籍は持てなかったのですか」と聞いた。ニコルは、「日本では認められていないんです」と笑って、肩をすくめた。日本国籍を取得するためには、カナダとイギリスの国籍とパスポートを放棄しなければならなかった。

イギリス国籍に執着はない。自分は、ウェールズで、ケルト人として生まれたのだ。「それにしても、なぜ日本国籍を」と、なお首をかしげる人には、ニコルはいつもこう答えることにしている。

「簡単です。日本が私の家であり、もっとも愛する国だからです」

事実、ニコルは日本で一番多くの時間を過ごしている。家族と友人は世界中にいるけれども、親しい人たちはほとんどが日本人だ。

日本は、ニコルに衣食住を与え、移動を許し、守ってくれる。世界のあちこちで戦火が絶えないが、１９４５年以来、日本はずっと平和を守っている。

何よりも、ニコルを魅了してやまない自然の豊かさがある。北の流氷から南のサンゴの海まで、多様性と変化に富んだ環境と文化がある。その環境保護を訴えるニコルの主張が、権力によって押しつぶされるということもない。自由が保障されているのだ。権力に異論を唱え、ある日突然、牢に押し込められる、ということはないのだ。

それに慣れきっている日本人の自覚は、あまりないのかもしれないが、世界にそんな自由の国はそう多くはない。林野庁でさえ、ニコルにとっては、激しく意見を闘わせることができる「いとしき天敵」なのだ。

ニコルが国籍を離れたイギリスで暮らしていた、父ジェームス・ネルソン・ニコルは、83年、74歳で亡くなっていた。父の最期をみとったのは、10歳下の弟エルウィン・ジェームス・ニコルだった。エルウィンは、父の死後、家族を連れて黒姫を訪れている。家族の絆に国籍は関係ないのだ。

日本国籍を取得してからのニコルは、かえってイギリスとのつながりが深まっている。

アファンの森で行われた姉妹森の締結式。中央がワグスタッフ、右がゴマソール駐日英国大使

２００２年、ウェールズの「アファン・アルゴード森林公園」と「C・W・ニコル・アファンの森」は、世界で初めて「姉妹森」としての締結をした。

8月、信濃町で行われた調印式には、スティーブン・ゴマソール駐日イギリス大使とともに、ウェールズから森林公園の園長リチャード・ワグスタッフが出席した。故郷からの手紙を受け取ったニコルが初めてアファン・アルゴードの森を訪れた際、現地を案内し、動植物の豊かな命を育む森の再生について丁寧に解説してくれた人である。あれから16年の歳月が流れていた。

そうして5年後のある日、驚くべき情報がニコルにもたらされる。

大使からの思いがけない話

『盟約』。日英同盟時代の両海軍をテーマに、ニコルが１９９９年に上梓した小説である。その出版記念会に、当時の駐日イギリス大使スティーブン・ゴマソールを招待した。それ以来、ニコルと大使館との付き合いが生まれていた。

２００２年には、日英同盟１００周年を記念して、次の１００年は地球環境を守る１００年に、という願いを込めて「日英グリーン同盟」という記念イベントが行われた。日本各地にイギリスの代表的な木、オークが植樹され、その1本はニコルが住む信濃町の黒姫童話館前の広場にも植えられた。その縁があって、「アファン・アルゴード森林公園」と「C・W・ニコル・アファンの森」の姉妹森締結も実現したのだ。

04年から駐日大使として着任したグレアム・フライとも、ニコルは親しい付き合いがあった。大使と妻の豊子は、熱心なバードウオッチャーだ。ニコルは、そんな夫妻をアファンの森へ招待して、探鳥の楽しいひとときを共にしたのだ。

その日の夕食は、ワインの酔いもあり、打ち解けたものになった。その折に、思いがけない話を聞かされた。チャールズ皇太子（現イギリス国王）が来年、日本へ来るのだが、アファンの森への訪問を希望している―というのだ。

ニコルは、驚くとともに、その名誉ある計画を全面的に受け入れることを約束した。祖父ジョージは、１９４８年11月にチャールズ皇太子が生まれた時、国王の肖像が刻まれた半クラウン銀貨を、８歳だったニコルにくれて、こう言ったものだった。

「今日は特別な日だ。ウェールズは、再び自分たちの王子を持つのだから」。皇太子には伝統的に「プリンス・オブ・ウェールズ」の称号が与えられるからだ。

チャールズ皇太子は、有機農法の促進、絶滅の危機にあるイギリス国内の動物や野生生物の保護、恵まれない子どもたちのための野外教育、歴史的建造物の保存と改修といった社会的活動にも熱心な人である。それゆえに、ニコルのアファンの森での活動に強い関心を持っていたのだ。

ニコルもまた、チャールズ皇太子のそうした活動に尊敬の念を持っていた。しかし、ニコルは故郷ウェールズを離れた身であり、日本の里山で、人々から評価されることもなく私的に活動しているだけなのだ。そんな自分のもとへ、イギリスの未来の国王が遠路はるばる訪ねて来るというのだ。

皇太子のアファンの森来訪の計画は、一般に知らされることなく、秘密裏に進められた。イギリスの大使館職員が準備に訪れた後、警察、外務省、宮内庁、地元長野県の役人と、立て続けの来訪者があり、ニコルは、その対応に追われるとともに、いや応なく緊張を高めていった。そうして08年10月30日、ついにチャールズ皇太子がアファンの森を訪れる日がやってきた。

英皇太子との散策、幸せと誇り

チャールズ皇太子来訪の前日は、一日中雨が降り続き、ニコルを不安にさせた。ところが、明けた当日、外に出たニコルが見上げた空は晴れていた。木々の紅葉を透かして朝日が差し込み、どっしりとした黒姫山が全身を現して皇太子の到着を待っていた。

皇太子到着の1時間前には、長野県警の大部隊がバスでやって来て、平服で森に散開した。やがて、白バイ警官隊に先導されて、黒塗りの車列が姿を現した。

車から降りた皇太子は、洗練されたスーツを着て、きれいに磨かれた茶色の靴を履いていたが、ニコルに向けられた笑顔には親しみがあふれ、握手のために差し出されたその手は、働き者の農民のように力強かった。

ニコルは、野外活動のできる軽装だったが、その胸には小さな、しかし価値ある勲章を着けていた。２００５年にエリザベス女王から授与された名誉大英勲章だった。アファンの森の活動をはじめ、長年にわたる環境保護などの幅広い活動が、日本でのイギリスの理

サウンド・シェルターでくつろぐ、右からニコル、チャールズ皇太子、高円宮妃殿下

解を深め、日英関係の発展に寄与したと評価されたものだった。

「森を歩く時、私は常に棒を持ち歩いているのですが、よろしいでしょうか」

そうことわるニコルに、「もちろん構いません。私にも必要でしょうね」と答えた皇太子は、部下に合図して、車のトランクから美しい彫刻の施された杖を運んでこさせた。

アファンの森での散策には、所々に出会いが用意されていた。皇太子は地元の子どもたちの歓迎を受け、ツリークライミングをする人々を見学し、水生昆虫の研究をしているレンジャー志望の学生たちに話しかけた。

皇太子は、森の中で栽培しているシイタ

ケとナメコのほだ木をとりわけ興味深くのぞき込んだ。森の散策は、歩を進めるに従い打ち解けたものになっていった。

ニコルと以前から親交のある高円宮妃殿下が同行してくれたのも心強かった。妃殿下は2度ほど黒姫を訪れ、ニコルも妃殿下のお宅に招かれたことがあった。02年に亡くなった高円宮殿下とは、カナダ大使館で出会って以来の、家族ぐるみの付き合いだった。

「少し休みませんか」。ニコルは、森の中に設けられたお気に入りの場所サウンド・シェルター（トナカイの狩り用待機小屋）に皇太子を案内した。

半面が開放されたその小屋には、たき火がやわらかな炎を揺らし、羊皮とカラフルな敷物が敷かれていた。一行は、地元の女性たちが用意してくれたお茶とサンドイッチを楽しんだ。

わずか2時間の訪問だったが、ニコルの人生にとって、幸せで誇らしい日となった。

この訪問は、イギリスでも報道され、新聞には皇太子とニコルが並んだ写真が掲載された。それを見た世界中の人々から、ニコルへの手紙が届いた。

アファンの森は、国際的にも認知されるようになったのだ。

第十一章　子どもたちと未来のために

子どもたちを森の中へ

「C・W・ニコル・アファンの森財団」が目指したのは、「森の再生」であるが、それは経済成長の中で人々がなくしてきた「心の再生」でもあった。

ニコルが、黒姫へ居を移した頃から言い続けてきたことがある。「日本の森で絶滅した動物がいる。それは人間の子どもだ」と。ニコルが最初に日本を訪れた1960年代には、子どもたちは毎日のように野外でのびのびと遊んでいた。今はそういった子どもは、ほとんど見られなくなってしまった。

かつて子どもたちは、自然の中で頭と体を目いっぱい使って遊び、生きるために必要なことを学んでいたのだ。今の子どもたちには、その時間も場所もない。地方の子どもたちでさえ、近くの里山に入ることはないのだ。大人たちから見放された幽霊森には、人が歩ける山道は消えていた。

ニコルは、そんな子どもたちをアファンの森へ招いて、森の素晴らしさと力を感じ取ってもらいたいと考えていた。

同じ頃、地元信濃町で森の活用を模索していた男たちがいた。ペンション経営と森のインストラクターを務める高力(こうりき)一浩ら、4人の男たちだった。彼らの願いは、信濃町の資源である森を活(い)かした事業を立ち上げることだった。

彼らは、それぞれに森に関わる者であり、信濃町の森にほれ込んでいた。この森の良さを人々に体験してもらい、町の観光事業も活性化させたいと試行錯誤してきたのだ。

都会の人々にとって「森は怖いところだ」というイメージが強い。実際に森を案内すれば、森の霊気に癒やされ、その心地良さに気づくのだが、そこに踏み出すまでの大人の足は重い。これでは、自分たちが生きている間に、森の良さを多くの人に知ってもらうことはできない。

「じゃあ、子どもたちを呼んだらどうだろう」。森へのマイナスのイメージが少ない子どもたちが、森の良さに気づくのは早いだろう。その子たちは、将来にわたって森に親しんでいってくれるだろう。

高力たちが、そんな願いを持って長野県庁に出向いた時、そこに自分たちにピッタリの事業申請が出されていることを知った。ニコルによる「エコメディカル&ヒーリングビレッジ構想」である。故郷ウェールズで、「森の散歩の処方箋」を医者が処方して、生活習慣病などの改善に効果を上げているのにヒントを得たものである。

既にスポンサーの企業も付いていて、あと必要なのは、活動に関わる森を良く知る人材だった。そこに願ってもない高力たちとの出会いがあり、森を舞台とした子どもたちの心の再生事業がスタートしたのである。

「5センスプロジェクト」。子どもたちが森の中で、五感を解放して遊ぶことで、心の傷を癒やし本来の生きる力を取り戻していく。2004年からのスタートだった。

森の体験が自信に

「5センスプロジェクト」で最初に受け入れたのは、児童養護施設の子どもたちだった。アファンの森財団の理事の一人が施設関係者だったこともあるが、大人の都合で厳しい環境にある子どもたちこそ、この事業で受け入れるにふさわしいと考えたのだ。そこには、ニコルの、いじめに耐えて強く生き抜いた少年時代の体験もあったのだろう。

児童養護施設から子どもたちを受け入れるのには、不安も大きかった。実際に子どもたちに関わる高力たちは、子どもたちにとって、親の年代となる。虐待や育児放棄で心に深い傷を負っている子どもたちが、果たして自分たちに心を開いてくれるのだろうか。

それは杞憂（きゆう）に終わった。子どもたちは、一歩森へ入ればのびのびと駆け回り、木によじ登り、輝く笑顔を見せてくれたのだ。森の力だった。自信を持ったスタッフは、次に盲学校や養護学校の子どもたちの受け入れへと準備を進めていった。

こういう時、ニコルは、方向性を示し「僕にできることなら何でも言ってくれ」と大きく構えていて、細かな指示は出さない。財団のスタッフや森の専門家としての高力たちを

5センスプロジェクトに参加した盲学校の子どもたちと

信頼しているのだ。
　盲学校や養護学校の子どもたちの姿も、スタッフや保護者の心配をかき消すものだった。白杖（はくじょう）を頼りに恐る恐る森へ入ってきた全盲の子が、1日たって迎えに来た母親を先に立って案内するのだ。家に帰って森の絵を描く子もいる。

　そんな中で、ニコルや高力にとって忘れられない少年がいた。「やっちゃん」と呼ばれ、最初のプロジェクトから参加した全盲の少年だった。
　やっちゃんは、森の中にいると落ち着いて穏やかな気分になると言う。森では、人間の作った物の音はしない。風の音や動物の鳴き声だけを聞くことができる。遠くでは川の水音もする。木に聴診器を当てて音を聞いたり、藤づるを握って木に登ったりすることもできる。

やっちゃんは、機会があるたびに、5センスプロジェクトに参加するようになっていた。学年が進み、大学で学ぶようになってからは、ボランティアとしてこの事業に参加して、後輩たちの面倒を見た。

森は、当たり前のように、やっちゃんの生活の一部になっていたのだ。そうして、やっちゃんには、夢があった。「将来は、子どもたちに関わる仕事に就きたい」と。もちろん、やっちゃんの夢は、それまでの家庭や学校での生活によって育まれたものであるが、5センスプロジェクトでの体験が自信と意欲を与えたことも間違いないだろう。

やっちゃんは、大学卒業後、何回か採用試験に挑戦して、長野県では初めての全盲の教師として正式採用された。

5センスプロジェクトに参加した子どもたちは、2021年までに、延べ1988人に及んでいる。心に傷を持った子どもたち、障がいのある子どもたち、その癒やしと再生が、アファンの森で行われているのだ。

3・11後、宮城・東松島の子どもたちを招く

２０１１年3月11日のその時、ニコルは翌日の講演のため大分県にいた。だが、東北の大地震と津波のニュースが入ると、講演は中止となり直ちに帰路に就いた。

東北には、たくさんの知り合いがいる。特に気になるのは、気仙沼でカキとホタテガイを養殖している畠山重篤だ。彼は、森と海とは密接な関係にあることを提唱して、活動している人物だ。

森の栄養が川から海へと流れ込むことによって、海に大量のプランクトンが発生し、それを食べる魚が増える。良い森を育てることで海が豊かになる。そのことを学んだ畠山はＮＰＯ法人「森は海の恋人」をつくり、23年間植林を続けてきた。漁師仲間と共に、山に広葉樹を植え続けてきたのだ。彼の息子は、ニコルが設立に努めたレンジャー養成の専門学校の卒業生だ。

黒姫へ戻ったニコルが、東北の知人たちと連絡をとっていくには、数日がかかった。畠山は無事だったが、彼の母は、入所していた福祉施設が津波に襲われ亡くなっていた。カキの養殖場は、津波によって流されて全てを失った。

それでも、畠山は情熱までをも津波に持ち去られることはなかった。「森、川、海の関係をきちんとすることからしか、海に生きる町が復活する術（すべ）はない」

同年5月に開催されたシンポジウム「森と海をつなぐ日本の再出発」で、ニコルは畠山と震災後初めて会うことができた。

6月5日には第23回「森は海の恋人」植樹祭が開催され、1200人が参加した。ニコル自身も、以前から森と海との大きな自然の循環に関心を持っていたこともあり、この畠山の活動に共感して支援を惜しまなかった。

ニコルはその後、被災地の子どもたちをアファンの森へと招いていくのだが、ニコルには、この森と海との大きな循環が見えており、人間の営みは、そのサイクルを邪魔するものであってはならない、という信念があった。子どもたちは、森と海とをつないでいく将来の担い手である。

アファンの森財団では、被災地の子どもたちを招きたいと、東北の各自治体へ連絡をしていった。当然のことながら、被災地は混乱していた。

そんな中で、宮城県の東松島市から反応があった。アファンの森では早速受け入れ態勢を整えた。応募の数の大小ではない。「今できることを、今やる」。これがニコルのやり方であり、財団のスタッフも同じ気持ちだった。

同年8月には、東松島市の子どもと大人、計27人をいち早く招いている。子どもたちは木登りをしたり、木からつるされたブランコに乗ったり、森を存分に楽しんで帰って行った。同行した市の復興政策部の職員は、「アファンの森を見て、希望が持てました。私たちが何をすべきかも、はっきり見えました」と、言葉を残した。

アファンの森で遊ぶ東松島の子どもたち

学校再建、森の再生と一体で

アファンの森へ子どもたちが招かれた東松島市は、津波によって市街地の65％が浸水して、1110人が亡くなり、23人が行方不明となった（2021年3月現在）。市内14小中学校のうち、6校が浸水被害を受けた。

市は、従来型の学校を再建するのではなく、新しい発想の「森の学校」にしようと計画を練っていた。山あり、田んぼあり、海ありの美しい自然を再生し、新しい森林文化の発祥地にしたい。アファンの森を訪ねて、森の再生を実際に目にした市の担当者は、その思いを強くした。

ニコルとアファンの森財団のスタッフも、市の招きに応じて現地に足を運ぶようになる。市の願いとニコルの森の再生の思いは、急速に重なっていった。2012年7月には、市と財団の両者による「震災復興に向けた連携及び協力に向けての協定書」が結ばれた。

何回目か東松島の子どもたちがアファンの森を訪ねた折、お別れ会で一人の子が「こんな森が、東松島市にもあったらいいなあ」と、心の底から湧き出る感想を口にした。

ニコルは、その子を見つめて、「僕の人生の残り半分を東松島市にあげる」と答えたのだった。

ニコルは、その言葉の通りに活動した。東松島市の高台に二つの小学校を統合した「宮野森小学校」が開校したのは16年だが、ニコルはその開校を待たずに、12年から統合前の小学校への出前授業を開始した。新しい学校が完成するには、5年はかかる。今の小学生のほとんどは、その校舎へ入ることなく卒業していくのだ。今、目の前にいる小学生にも「森の学校」の夢を届けたい、と。

新しい校舎は、森に隣接した高台に建てられる。財団は、まずその森に調査に入った。長く人の手が入れられていない「幽霊森」だった。しかしそこは、絶滅危惧種を含む多くの生物がすむ貴重な森だった。ニコルは、そのことを出前授業で伝えていった。

森を再生させていく方法はある。「幽霊森」は、日が入り風が抜けていく森としてよみがえるのだ。

森がよみがえれば、森が育む生物がよみがえり、川を下って海がよみがえる。大自然の循環が機能し出すのだ。それは市の宝になる。その力は、小学生である君たちにある――。出前授業は、大人と子どもを含めた森の整備につながり、田んぼや海での実習にもつながっていった。

クリスマスには、サンタの衣装を着たニコルが現れて、子どもたちにプレゼントを配った。

震災から５年９カ月余、ニコルの懸命の働きかけが実り、木造校舎が完成した宮野森小学校

そんなニコルが、新しい校舎建設に向けてこだわったことがある。

「校舎は、木で造りましょう」

「森の学校」は、隣接する森と一体なのだ。大きな自然のサイクルの中に生きる学校なのだ。コンクリートであってはならない。

その木造校舎が16年末に完成した宮野森小学校は、森と海の都、東松島市の象徴となった。その校歌は、加藤登紀子が作詞・作曲をしている。

「森はともだち　海もともだち　宮野森小学校」

両陛下が森を訪問、魔法の一日

そのニュースを伝えるマネジャー森田いづみの声は、興奮していた。宮内庁から電話があったという。

「天皇皇后両陛下（現上皇ご夫妻）が、皇居で個人的にお話をしたいとおっしゃっています」。森田が興奮するのは、無理もない。ニコルも、森田以上に驚きと興奮を隠しきれなかった。

２０１１年2月、約束の前日上京したニコルは、スーツをドライクリーニングに出し、ロッカーの中にシャツを掛けた。この数日、酒は飲まなかった。ニコルにできる最善の準備をしたのだ。

「自分は山から下りたばかりの年寄り熊なので、簡単な日本語しか話せないことをお許しください」。ニコルのあいさつに、両陛下がそろってほほ笑んだ。緊張の中でも、ウイットを忘れないニコルなのだ。

その後の会話はスムーズに進んだ。皇后さまのシンボル（お印）樹シラカバと、ナイチンゲールの話。シラカバは、後に芽生える木々を育てる「看護樹」と呼ばれている。皇后さまは、功績ある看護師らに与えられる「フローレンス・ナイチンゲール記章」の授与者だ。

ニコルは、陛下が関心を持っている森の再生についても話した。「私は森の、特に生物の多様性に満ちた健全な森が持つ癒やしの力を信じています」

植物学・動物学の研究者である陛下は、興味深く耳を傾けてくれた。

両陛下がアファンの森を訪問したのは、2016年6月6日だった。長野市で両陛下を迎えて全国植樹祭が開催された。その翌日のことである。森の再生を始めてから30年、アファンの森は、美しい新緑の季節を迎えていた。

「すがすがしく気持ちがいいですね」「素晴らしい森です」。両陛下の言葉はその人柄の通り、ニコルの胸にすっと入ってきた。

22歳の時、パンツとソックス、それに北極のフィールドノートだけをリュックに詰め込んで、羽田に一人降り立ったニコルだ。その青年が、「自分が愛する美しい日本を守りたい」、その一念で、心ない人は冷たく笑うような活動を続けてきたのだ。それを今、日本の象徴である天皇皇后両陛下が心から共感して認めてくれている。その光栄とうれしさに、ニコルの胸は、はち切れんばかりだった。

散策の最後に、アファンの森で新しい営みとして始めた、馬搬（ばはん）（切り出した木材を馬で運搬すること）の様子を見てもらった。

天皇皇后両陛下（現上皇ご夫妻）にアファンの森を案内するニコル

馬には名前がついていた。雪丸。陛下は従者が慌てるのも気にせず、雪丸のもとへと進み、白いたてがみをなでてくれた。陛下は、馬の扱いに慣れていたのだ。

散策を終えたお茶のひととき、アファン・アルゴードに話が及んだ時、皇后さまが優しくほほ笑んで言った。

「ウェールズからニコルさんを追いかけて日本までやって来たケルトの妖精たちが、黒姫のアファンの森を気に入って住み着いているのかもしれませんね」

そうかもしれないと、ニコルは思った。そうして、こんなにも素晴らしい魔法の一日をプレゼントしてくれるのだ。

確執越えた友に拠点工事を託す

アファンの森へは、天皇皇后両陛下（現上皇ご夫妻）の来訪前から来客が増えていた。訪問客数十人を集めてのセミナーはもちろん、お茶や食事をする場所も必要になっていた。

そんな時、ある篤志家の好意で、アファンの森財団の事務所としてのセンターを建てることができた。2010年の完成だった。

設計は、ニコルの古くからの友人、池田武邦が無償でしてくれた。元日本海軍の士官であり、日英同盟時代の海軍の協力関係を基に描いたニコルの小説『盟約』の校正にも当たってくれた縁がある。池田は、霞が関ビルや京王プラザホテルを設計している。

センターには、仕事の打ち合わせをする部屋だけではなく、炭を使って料理ができる大きな台所や、暖炉が燃えるホールもあった。もちろん、全てが木造りである。

椅子や机は、アファンの森から切り出される雑木を使った。美しい仕上がりとなったのは、別の友人、稲本正が当時代表を務めていたオークビレッジ（岐阜県高山市）に、漆塗りの一流の作りにしてもらったからだ。費用は、財団を支える会員からの寄付を募った。家具には寄付者の名前と感謝のメッセージが記されている。

アファンの森に新しくできたセンターのホールでくつろぐニコル

小さな体育館ほどもある建物の下半分は、城の石垣のように岩と石で斜めに組み上げられている。

この工事をしたのは、地元のタケウチ建設だ。もともとは、ニコルと激しくやりあった仲である。

1995年夏、長雨によって信濃町の西部を流れる鳥居川が氾濫した。あふれる泥水からニコルの家を救ったのは、土手の立ち木だった。

ところが、その後、護岸工事が始まった時、この立ち木が切られ、洪水にも流されなかった巨大な石が除去され始めたのだ。工事を進めていたタケウチ建設は、ニコルの激しい抗議を受けることになった。

当局と専門家を交えての協議の結果、建

設省（当時）幹部も納得し「私たちは過去に間違いを犯した。今度は違うやり方でやろう」とまで発言したのだ。

立ち木は守られ、川の巨石は効果的に配置されたり、護岸の補強に使われたりした。河床や岸が、コンクリートで固められることはなかった。

タケウチ建設は、この新しい護岸工事を引き受け、後に長野県から賞を受けるまでになった。この縁で、ニコルは若い社長・竹内基一（もとかず）と生涯の友人となった。いかにもニコルらしい、人との付き合い方である。

そんな訳で、センターの石垣工事を引き受けてくれたのが、同社だった。森の整備で重機が必要となる時も、安心して任せることができた。

この石垣の隙間には、ハーブが植えられている。ニコルが手料理に使う香辛料となる。ニコルはおいしい料理を作ることと、それをみんなで楽しむことが大好きだった。食べることは、文化なのだ。家庭でも同じだ。

「もう1品作っていいかなあ」。妻麻莉子が忘れられないニコルのいつもの言葉だ。もちろん麻莉子は、ニコルが調理しそうな食材を、冷蔵庫に用意しているのだった。

旅の終わり　そして、その先に

2016年春、ニコルは、定期検査の結果を聞くため主治医と向かい合っていた。「精密検査を受けた方がいいですね」。医師は難しい顔をしていた。ニコルは先延ばしにしたかった。6月には天皇皇后両陛下（現上皇ご夫妻）の来訪がある。「そういう大切なことがあるなら、なおのことよく診てもらわないと」。医師の言葉に、ニコルも折れた。

検査の結果は直腸がんだった。ニコルは死を覚悟した。ここ数年の間に、10歳下の弟エルウィン、義理の息子、それに仲の良かった友人の3人を、がんで立て続けに亡くしていたのだ。

手術は、当面の行事や仕事を終えた11月となった。幸い転移はなく、手術は成功したが、その後の腸のコントロールの方が、ニコルを悩ませた。

退院すれば、スタッフの心配をよそに講演会や取材を引き受けてしまうニコルだ。その間に何かあってはいけないと、食事の配慮や事前のトイレは欠かせなかった。それでも「僕にできることは何でもやるよ」と、森の再生の支援を続ける宮城県東松島市へも出かけていくのだ。

いったんは快方に向かったニコルの病だが、19年、治療途中に体を傷めた。しかし、ニコルは活動を止めなかった。その年10月、台風19号による千曲川の氾濫で、長野市などの流域が大きな被害を受けた。

災害で心に傷を負った子どもたちのために、今できることをしたい。黙って見ていることはできない。しかも、現場は近くなのだ。

そんな時、被災地に近い長野市上野にある清泉女学院短大の当時准教授で、紙芝居や道化師の活動でも知られる塚原成幸(しげゆき)らが、被災した子どもたちを支援する「おはなしどうぞプロジェクト」を立ち上げたのを知った。アファンの森財団は直ちに協力を申し出た。

12月、ニコルがサンタクロース、塚原が道化師となって、子どもたちの元へと向かった。プレゼントは、全てを流された子どもたちのために集めた善意の絵本や文房具だった。

子どもたちにもニコルにも、笑顔が絶えなかった。しかし、子どもたちとの別れのために、椅子から立ち上がったニコルを支える塚原の顔色が変わった。

ニコルサンタが軽かったのだ。おなかの膨らみは、以前のニコルのものではなく、痩せた身を補うクッションだった。

ニコルが東京の病院へ再入院したのは、年を越した20年1月だった。翌月には、国内は新型コロナ報道一色となり、家族の面会もままならなくなっていく。

病を押してサンタクロースになったニコル。大喜びの保育園児たち一人一人に温かなまなざしを向け、贈り物を手渡した。後方は道化師の塚原

その頃、ニコルがこのパンデミックについて、新聞コラムで触れた文章が残っている。

「人間もウイルスも、地球上の同じ生物だ。封じ込めなどできはしない。バランスが崩れているのだ。共生するしかない」

その後、ニコルは懐かしい黒姫へいったんは戻ったが、20年4月3日、帰らぬ人となった。79歳9カ月の生涯であった。


晩年のニコルは、講演の最後をこう締めくくるのが常だった。


北極に憧れ、日本に行くことを夢見たことから始まった僕の旅は、いつかこのアファンの森で終わりを迎えるでしょう。

森は未来です。何十年、何百年後に命をつなぐ未来なのです。

特に未来そのものである子どもたちに、僕のこの森を贈ります。

アファンの森はみんなのもの。そして、僕らはみな、
アファンの森のもの、なのです。

第十一章　子どもたちと未来のために

あとがき

「ニコルは、生涯少年のような人でした」

新聞連載に向けての取材中、何人かの人から同じ言葉を聞いた。純粋で人目を気にしない。思い込んだら一途だ。がむしゃらとも言えるし、大人げないとも言われるだろう。それが、敵もつくるし、人を惹きつけてやまない魅力ともなる。こうした人でなければ、世の中を変えていくことはできない。

運命に逆らわず世界を巡って活躍したニコルだが、その「動」の姿の対として、常に自分の心と深く向き合う作家としての「静」の姿があった。

晩年のほのぼのとした風貌からは想像しにくいが、小説家としてのニコルの仕事は、緻密であり息詰まる緊迫感に満ちている。それは、『勇魚（上下巻）』に如実に表れている。これを外国人が書いた「鯨獲り」の物珍しい小説と思って手にした人は、その表現と内容に圧倒され、己が見識の浅さに恥じ入るだろう。幕末の政情を的確にとらえ、魅力的な人物を配置し、細かな小道具にまで神経を張り巡らせる。そこを舞台にスケールの大きな人間ドラマを立ち上げるのだ。

ニコルは、小説を書くときに、これでもかというほど取材と調査を重ねたという。文学の世界にとことん自分を追い詰め、妥協無く「人間」の真実を描き出す。そこには、酒に酔い死の淵を彷徨(さまよ)い、己が命の頼りなさに震える文学者の姿がある。エチオピアで、密猟者や盗賊に決然と立ち向かうニコルとは対極の姿ではあるのだが、魂の置き所は同じ気がしてならない。

ニコルには、物語を立ち上げる力があるのだ。作家の資質と言ってもよい。人と出会ったとき、少年のように開いたニコルの心にその人の人生が流れ込み、物語が立ち上がり、それを表出せずにはいられなくなるのだ。そのことに夢中になる。その資質は、ニコルの生き方と根源では同じだ。

「ニコルさん、そこまでやるのですか」。その背を追って、息継ぐ間もなく新しい世界へ踏み込んでいく私にとって、ニコルの食と言葉に関わるエピソードは、ひとときの安らぎとなった。食と言っても、いわゆるグルメではない。太古から人類が楽しみとしてきた、狩猟採集によって調理することや笑顔で囲む食の輪、人を幸せにする食文化なのだ。エチオピアの召使いであっても、ニコルは食の場から撥(は)ね出すことを良しとしない。心が痛むのだ。食にあっては、みんなが平等で楽しむべきなのだ。

言葉も同様である。イヌイットやエチオピアの農民が話す言葉に、自ら近づいていく。「おはようございます。てめえら、密猟者とグルになっていてはいけません。ぼくは許しません」乱暴な言い回しや丁寧な言葉が混在するのは、生活の場で人を選ばず覚えていくからだ。それが、緊迫の場を和らげる。お互いの文化を尊重するには、相手の言葉を覚えるのが早道だ。ニコルは、それができる人だった。「腹を割って向き合う敵は、いつか味方になる」

2020年4月3日、ニコルはこの世を去った。そうして、私は今また本著を書き上げて、ニコルとの別れを経験することになった。今は、「ぼくが森を残した意味を分かってくれたかな」と問うニコルに、うなずくことができる気がしている。そうして、この本を手に取ってくださった読者の方にも、ニコルからの伝言が届くことを願っている。ニコルの伝言には、地球の未来がかかっているのだから。

取材、執筆のため当たった資料の中で、コピーライターの西橋裕三さんによるニコルへのインタビュー記録『風の通り道（全10巻）』は、ニコルが肉声によって自分の人生を語っており、何よりの参考になった。ニコルの体調の悪化によって残念ながら初来日のあたりで切れてしまっているが、このインタビュー記録を聞きながら、私は自分がなし得なかったニコルへのインタビューを間接的に体験することができた。それは、資料を超えて執筆の力となった。

あとがき

取材や資料調査では、多くの方のお世話になった。特に「C・W・ニコル・アファンの森財団」の森田いづみ理事長をはじめスタッフのみなさんの資料提供なしには書き進めることはできなかった。協力いただいたみなさまのお名前だけ挙げて、感謝の心とすることをお許しいただきたい。

また、本書は竹下景子さんにブック帯の通り推薦をいただいている。竹下さんは、生前のニコルさんと親交があり、「C・W・ニコル・アファンの森財団」の事業にも深い理解のある方である。長年の竹下景子ファンとしても光栄であり、感謝しかない。

連載中は、信毎編集局文化部の小幡省策・上野啓祐両担当記者にお世話になり、新聞記者ならではの指摘に何度も助けられた。単行本化に当たっては、メディア局の伊藤隆氏が綿密な編集作業に当たってくださった。ありがとうございました。

2023年4月

北沢　彰利

題　名	出版元	出版年
C.W. ニコルの旅行記	実業之日本社	1987
C.W. ニコルの野生記	実業之日本社	1988
わたしの自然日記	講談社	1988
C.W. ニコルの自然記（文庫）	講談社	1989
C.W. ニコルの黒姫日記	講談社	1989
C.W. ニコルと 21 人の男たち	潮出版社	1989
森と海からの手紙	講談社	1990
C.W. ニコルの野生記（文庫）	講談社	1991
C.W. ニコルの黒姫通信	講談社	1992
CW ニコルの森と海からの手紙（文庫）	角川書店	1993
C.W. ニコルのアウトドアクッキング	講談社	1993
C.W. ニコルの森の時間	読売新聞社	1994
裸のダルシン	小学館	2002
ボクが日本人になった理由	ビオシティ	2002
誇り高き日本人でいたい	アートデイズ	2004
鯨捕りよ、語れ！	アートデイズ	2007
ソリストの思考術　C.W. ニコルの 生きる力	六耀社	2011
アファンの森の物語	アートデイズ	2013
15 歳の寺子屋　森をつくる	講談社	2013
私の宮沢賢治　賢治との対話	ソレイユ出版	2018
風の通り道　C.W. ニコル 人生を語る＜ vol.1 ～ 10 ＞ （インタビュー記録・共著）	パムリンク	2014 – 2019

◎本作執筆にあたり、取材・調査でご協力いただいた方々

（敬称略）

石井敦司　大澤渉　大槻幸一郎　高力一浩　高橋泰広　塚原成幸
中原武子　ニコル・麻莉子　野口理佐子　松木信義　森田いづみ

◎参考にしたC.W.ニコルの主な著作物

題　名	出版元	出版年
FROM THE ROOF OF AFRICA	Alfred.A.Knopf（米国） Hodder.and Stoughton（英国）	1972
落葉千枚（MOVING ZEN）	東村山市	1975
ティキシイ	角川書店	1979
リンゴの花咲く湖	偕成社	1980
冒険家の食卓	角川書店	1981
バーナードリーチの日時計	角川書店	1982
風を見た少年	クロスロード	1983
北極探検十二回	潮出版社	1984
野生の叫び声（開高健）	集英社	1984
C.W.ニコルの青春記１	集英社	1984
小さな反逆者	福音館	1985
C.W.ニコルの青春記２	集英社	1985
C.W.ニコルの自然記	実業之日本社	1986
僕のワイルドライフ（文庫）	集英社	1986
私のニッポン武者修行	角川書店	1986
勇魚（上／下）	文藝春秋社	1987
C.W.ニコルの海洋記	実業之日本社	1987
北極探検十二回（文庫）	潮出版社	1987
C.W.ニコルの青春記（文庫）	集英社	1987
風を見た少年（文庫）	講談社	1987

1989年　カナダ商工会議所より「カナダと日本の親善のためにもっとも貢献したカナダ人」として表彰される。環境庁「環境と文化に関する懇談会」委員

1993年　国際松濤館空手道連盟顧問。(財) 屋久島環境文化財団顧問

1994年　ニコルが提唱した国立公園レンジャー等を育成する学校として東京環境工科学園が開校。副校長に就任。内閣官房「21世紀地球環境懇談会」委員

1995年　日本国籍取得

1997年　内閣官房「子どもの未来と世界について考える懇談会」委員

2000年　著作『風を見た少年』が映画化、「第45回アジア太平洋国際映画祭」のアニメーション部門でグランプリ受賞

2002年　一般財団法人C.W.ニコル・アファンの森財団設立。英国ウエールズのアファン・アルゴード森林公園と姉妹森締結。内閣府「未来生活懇談会」委員。著作『裸のダルシン』が児童福祉文化財の推薦を受ける

2003年　東京都「エコツーリズム・サポート会議」委員。環境省「エコツーリズム推進会議」委員

2004年　東京都「花粉の少ない森づくり委員会」委員

2005年　英国エリザベス女王陛下より名誉大英勲章を賜わる。京都大学フィールド科学教育センター社会連携教授

2008年　英国チャールズ皇太子 (現国王) がアファンの森をご視察

2011年　天皇皇后両陛下 (現上皇ご夫妻) に御所でお会いする (2月)。宮城県東松島市の震災支援活動開始

2012年　第1回ソーラーアワード受賞

2014年　エチオピアのシミエン山岳国立公園 (世界自然遺産) を45年ぶりに再訪。シミエン山岳国立公園親善大使。林野庁「木材ポイント大使」就任

2015年　アファンの森財団の新事業「ホースプロジェクト」がスタート。長野県「第2回おもてなし大賞」受賞

2016年　天皇皇后両陛下 (現上皇ご夫妻) がアファンの森をご視察 (6月)。(社) 国土緑化推進機構「第26回みどりの文化賞」受賞

2018年　両陛下 (現上皇ご夫妻) に御所でお会いする (5月)

2020年　東京オリンピックで、長野県の聖火ランナーに選出されたが延期となる。4月3日逝去

C.W.ニコル略年譜

1940年　7月17日、英国南ウエールズ・ニースで生まれる
1941年　実父がシンガポールで戦死
1950年　母が再婚、ニコル名になる
1951年　イレブンプラス（国家試験）に合格し、グラマースクール入学
1954年　柔道を習い始め、小泉軍治先生と出会う
1957年　恩師ピーター・ドライバー先生と初めての北極探検へ出かける
1958年　セントポール教育大学に入学。北極遠征費用を稼ぐためプロレスラーのアルバイトに明け暮れる
1960年　祖父ジョージが他界
1961年　大学を中退し、北極探検家の道を選ぶ。カナダ・デボン島の越冬隊員に選ばれる
1962年　初来日（10月）。空手修行開始。東京イングリッシュセンター（ラボ教育センターの前進）で英会話を教える
1963年　初めて日本の山に登り、森の美しさに感動する（長野県の飯山周辺）
1964年　空手の黒帯取得（英国人で2番目、ウエールズでは初）
1965年　カナダへ戻る。北極生物研究所技官に就任
1967年　エチオピアのシミエン山岳国立公園公園長に就任
1969年　エチオピアから2度目の来日。谷川雁と知り合う。ナガヌマ日本語学校で日本語教師
1972年　カナダ環境保護局のエマージェンシー・オフィサーに就任
1973年　瀬戸内海水島製油所の石油流出事故の調査で来日
1975年　沖縄海洋博のカナダ館副館長に就任
1978年　カナダ政府の官職を辞し、捕鯨の小説を書くため和歌山県太地町に1年間住む
1979年　ニコル作詞『リンゴの木にかくれんぼ』が第17回ヤマハポピュラーソングコンテストで入賞
1980年　共同捕鯨の船団に同乗し南極海へ。長野県の黒姫山麓に居を定める。日本全国の環境保護活動に関わり始める
1981年　著作『バーナードリーチの日時計』が「第6回日本放送作家脚本懸賞・創作テレビドラマ大賞」入賞。NHKでドラマ化
1986年　アファンの森の再生事業開始。読売新聞に国有林の伐採のやり方に抗議する長官あての公開質問状を掲載（2月）

ニコルが眠るのは、アファンの森の中で「マザーツリー」と呼び親しんでいた大樹の根元。メモリアルストーンのプレートに、遺言の一節が刻まれている

どうか、ひとときここに腰をおろし、森と風に耳をかたむけてほしい。なにものにもとらわれず、心を開いていれば、きっと囁(ささや)きが聞えるだろう・・・よく来てくれた、と。

Please, sit for a while, hark to the woods and wind.
If your mind and heart are open, you will surely hear
a whisper of welcome.

北沢 彰利（きたざわ・あきとし）

1954年、長野県下伊那郡高森町生まれ。日本児童文学者協会・信州児童文学会会員。信州大学卒業後、長野県の小中学校教員となり、岡谷市川岸小、飯田市松尾小の校長を務める。2022年3月まで黒姫童話館（長野県上水内郡信濃町）館長。「いぶき彰吾」のペンネームで、『こっぱとじっさま 長野県根羽村の大杉の物語』『ワイン物語～桔梗ヶ原にかけた夢～』『黒姫ものがたり』『千曲川はんらん 希望のりんごたち』などの児童文学作品がある。高森町在住。

森の赤鬼 C.W.ニコルの軌跡

2023年5月21日　初版発行
2023年6月18日　第2刷発行

著　者　北沢 彰利

協　力　一般財団法人C.W.ニコル・アファンの森財団

発　行　信濃毎日新聞社
〒380-8546　長野市南県町657
電話 026-236-3377　ファクス 026-236-3096（出版部）
https://shinmai-books.com/

編　集　伊藤　隆

装　丁　近藤 弓子

印刷製本　大日本法令印刷株式会社

日本音楽著作権協会（出）許諾第2302289-301号

ISBN978-4-7840-7420-4　C0023